울지마톤즈 학교

울지마톤즈 학교

구수환 지음

이태석 신부로부터 배우는 네 개의 메시지

북루덴스

† 이태석초등학교 팻말.

† 이태석초등학교 학생들.

『울지마톤즈학교』개정판에 붙여

전남 장흥군에 70년 된 중학교가 있습니다. 리모델링으로 깨끗하게 단장된 교실, 운동장엔 천연 잔디가 깔려있습니다. 대도시에서는 상상도 할 수 없는 멋진 학교지만 학생은 21명, 교직원은 9명에 불과합니다.

지난 가을 중학교에서 학교를 살리기 위한 특별한 행사가 열렸습니다.

'이태석의 삶을 통해 내일을 열다, 행복을 잇다, 희망을 잇다' 행사의 슬로건입니다.

이태석 신부의 교육에 대한 열정을 통해 새로운 희망을 찾자는 의미를 담고 있습니다.

이날 행사는 영화 〈울지마 톤즈〉와 〈부활〉을 시청하고 자신의 생각을 글과 그림으로 표현토록 한 다음 감독의 강연을 듣는 순서로 진행됐습니다.

70분 동안 진행된 열기는 상상을 넘었습니다. 웃고, 울고 메모하고, 14살 중학생부터 팔순 어르신까지 반응이 한결같습니다.

학교장의 초청으로 함께한 군수, 교육장, 도의원, 언론사 대표도 엄지척하면서 너무 좋은 시간이었다며 흥분합니다. 학교가 세워진 후 70년 만에 처음입니다.

십 년 넘게 강연을 다니지만, 이날만큼은 가슴속 깊은 곳에서 뜨거움이 솟아오르고 힘이 났습니다. 지역의 교육 책임자인 교육장께서 찾아와 뜻밖의 부탁을 합니다. 관내 모든 학생들에게 이태석 신부님을 만나도록 해주고 싶다는 것입니다.

이태석 신부가 세상을 떠난 지 십삼 년이 됐습니다. 오랜 세월이 지났음에도 이태석 신부님을 그리워하는 마음은 더 깊어지고 있습니다. 참으로 신비로운 현상입니다.

한 사제의 삶에 대해 오래도록 잊지 못하고 빠져드는 이유가 뭘까 생각했습니다. 이태석 신부의 삶 속에 담긴 이타심과 공감의 힘입니다. 돈과 특권, 이기주의가 판을 치는 세상에서 희망의 빛줄기 역할을 하고 있는 것입니다.

요즘 초등학교 4학년부터 중학교 고등학교의 강연이 쇄도하고 있습니다. 시골 도시 구분이 없습니다. 전국을 다녀야 하는 살인적인 (?)일정으로 몸이 심하게 축이나 힘들 때 있지만 한 번도 강연 요청을 거절한 적이 없습니다. 아이들의 마음속에 이태석 신부의 사랑과 섬김의 정신이 오래도록 기억했으면 하는 바람 때문입니다.

이태석 신부의 삶은 올바르고 행복하고 존경받는 삶을 살아가는 방법을 알려주는 교과서이며 국가를 이끌어가는 리더에게 꼭 필요한 조건을 제시한 지침서입니다.

Dreams come true (꿈은 이루어진다)

2010년 '이태석 신드롬' 현상을 지켜보면서 꿈을 꾸기 시작했습니다. 이태석학교를 세워 그분이 우리에게 남긴 사랑과 섬김의 정신을 오래도록 이어가겠다는 계획입니다.

꿈이 현실이 됐습니다. 2023년 1월 남수단 톤즈 한센인 마을의 이태석초등학교를 인수해 수업을 시작했습니다. 200여 명의 아이들이 제2의 이태석이 되겠다며 열심히 공부하고 있습니다. 7월에는 서울에서 '이태석리더십학교'를 개교했는데 벌써 40명의 이태석 키즈를 배출시켰습니다. 또한 이태석 장학생으로 선발한 남수단 의대생 50여 명도 그분의 정신을 이어가도록 학비와 생활비를 제공하고 있습니다.

초등학교 강연장에서 아이들에게 꼭 전하는 말이 있습니다. '성공한 삶이란 돈이 많고 높은 권력을 차지하는 것이 아닙니다. 이태석 신부처럼 행복하고 존경받는 삶을 살아야 합니다. 나보다는 남을 먼저 생각하고 상대의 고통을 함께 느껴주는 이타심과 공감 능력을

키우세요. 여러분도 할 수 있습니다. 이것이 이태석 신부께서 여러

분에게 남긴 선물입니다'

사단법인 이태석재단 이사장 구수환

감동의 씨앗이
실천의 열매를 맺으리라

'내가 인간의 여러 언어와 천사의 언어로 말한다 하여도 나에게 사랑이 없으면 나는 요란한 징이나 소란한 꽹과리에 지나지 않습니다. 내가 예언하는 능력이 있고 모든 신비와 모든 지식을 깨닫고 산을 옮길 수 있는 큰 믿음이 있다 하여도 나에게 사랑이 없으면 나는 아무것도 아닙니다. 내가 모든 재산을 나누어주고 내 몸까지 자랑스레 넘겨준다 하여도 나에게 사랑이 없으면 나에게는 아무 소용이 없습니다.'(1코린 13:1~3)

바오로 사도는 이 세상 모든 덕목과 가치 가운데 으뜸은 사랑이라고 말합니다. 사랑은 많은 사람을 감동시키는 힘이 있습니다. 희생이 내포된 사랑은 더 강한 힘이 있습니다. 우리는 이태석 신부의 삶을 통해 그분의 고귀한 희생과 숭고한 사랑을 느낍니다. 그 사랑의 힘이 우리의 마음을 움직인 것입니다.

이 책을 읽는 독자들의 가슴에 감동의 씨앗이 하나씩 심어지기를 바랍니다. 그 씨앗이 사랑이라는 뿌리를 내리고, 희망과 용기의 싹을 틔우기를 소망합니다. 그것이 실천으로 열매를 맺어 우리의 삶과 이 세상을 변화시킬 것입니다.

아름다운 사랑을 우리에게 전해준 구수환 PD에게 감사를 전합니다.

이 책을 읽는 모든 분들에게 하느님의 은총이 가득하시기를 기원합니다.

2011년 11월

정진석(추기경, 천주교 서울대교구장)

이태석 신부의 선물을 받으며

2010년 1월 14일 이태석 신부가 하느님께로 돌아갔을 때, 저의 첫마디는 "태석아, 미안해!"였습니다. 유가족으로서 그의 죽음 앞에 슬픔과 동시에 그 죽음을 받아들이기 어려운 마음도 있었고, 같은 수도사제의 길을 걸으면서 사랑을 위해 모든 것을 바친 이태석 신부의 삶 앞에 제 자신이 부끄러웠기 때문입니다. 장례 기간 중에는 슬픔과 부끄러움 속에서도 사랑을 위해 모든 것을 바칠 수 있었던 그의 삶이 부럽기도 했습니다. 이러한 마음들과 함께 저를 비롯한 유가족들에게는 큰 상실감이 찾아왔습니다. 모든 것을 바쳐 사랑의 삶을 살았던 이태석 신부를 왜 하느님께서 갑자기 데려가셨는지 이해하기가 참으로 어려웠습니다. 저희 유가족은 물론이고 그의 삶에 감동받았던 많은 사람들의 기도에도 불구하고…….

그러나 이후에 일어난 일들을 대하면서 하느님의 뜻이, 그리고 진실의 힘이 세상을 변화시키고 이끄는 힘이라는 것을 고백할 수밖에 없었습니다. 구수환 PD님에게 유가족으로서 깊은 감사를 드립니다. 이 책 『울지마 톤즈, 그 후… 선물』에는 이태석 신부의 삶과 그가 우리 사회에 남긴 의미가 고스란히 담겨 있습니다. 이태석 신부가 그토록 나누고 싶어 했던 것들과 가치를 우리는 이 책을 통해 확인할 수 있습니다. 이 책의 제목처럼 우리는 큰 선물을 받았습니다. 이번에는 책을 통해 이태석 신부를 우리 곁으로 다시 불러준 구수환 PD님께 다시 한번 감사드립니다.

이태석 신부의 삶을 짧은 글이나 시간에 다 표현할 수는 없지만, 그의 삶이 많은 이들에게 감동을 주는 가장 큰 이유는 섬기는 나눔의 삶을 온몸으로 살았기 때문이라 생각합니다. 이태석 신부는 그가 남긴 글이나 강연에서 나눔의 기쁨과 행복을 곳곳에서 이야기했습니다. 나누는 그 자체도 기쁜 일이지만, 나눔을 받은 이들이 그 나눔을 통해서 기쁨과 감사를 드리는 것을 체험했을 때 되돌아오는 기쁨이 더 크며 그것이 자신의 행복의 원천이었음을 이태석 신부는 항상 이야기했습니다. 물론 이태석 신부가 자신의 생명까지 나눌 수 있었던 그 근원은 자신의 체험에서 나온 것이었습니다. 그는 죽음을 앞둔 삶의 마지막이었던 투병 기간 중에도 만나는 사람들에게 자신의 유일한 저서 『친구가 되어주실래요?』를 전할 때면 항상 '하느님은 정말 사랑이십니다'라는 글을 책 표지 다음의 내지에 적어서 주곤 했습니다. 종교를 떠나 이태석 신부의 삶을 통해 사랑과 나눔의 위대함을 우리가 깨닫고 그렇게 살기를 기도드립니다.

많은 이들이 이태석 신부를 기억하고 사랑해 주심에 진심으로 감사드립니다. 그러나 이태석 신부의 죽음 이후에 일어나는 여러 사건들을 대하면서 한 인물에 대한 기억도 사람에 따라 다르다는 생각을 갖게 되었습니다. 대부분의 사람들은 순수하게 이태석 신부가 지녔던 정신과 삶을 기억하지만, 어떤 이유인지는 모르겠지만 그가 했던 일이나 사업만을 기억하려는 사람들도 있는 것 같습니다. 한 인물에 대한 참된 기억은 그가 남긴 삶과 정신을 이어받는 것이 아닐까 싶습니다.

이태석 신부와 함께 살았던 형제로서 드리고 싶은 말씀은 그도 우리와 같은 시대를 살았던 한 사람이라는 점입니다. 우리와는 다른 삶을 살았지만 이태석 신부는 결코 우리와 다른 사람이 아니었습니다. 다만 우리와 다른 점은 그가 옳다고 생각한 대로 살아야 한다고 결심했고, 그 결심한 것을 실천했다는 점이 우리와 다르다고 생각합니다. 우리의 결심과 실천이 부족하기에 우리와 다른 것이 아닐까 싶습니다.

다시 한번 이태석 신부를 사랑하고 기억해 주시는 모든 분들께 감사를 드립니다.

2011년 11월

고 이태영 신부 (이태석 신부 형)

절망의 황무지에서 빛을 보다

KBS에 처음 입사했을 때를 떠올립니다. 입사 후 1년도 안 돼 강원도에 있는 방송국으로 발령이 났습니다. 강원도에 연고가 있는 것도 아니었습니다. 고등학교 수학여행 때 잠시 거쳐 갔던 그곳은 모든 것이 낯설었습니다. 그런데 어느 날 햇병아리 PD의 가슴을 뜨겁게 만들어 준 일이 있었습니다. 방송국으로 할아버지와 아주머니 십여 분이 찾아왔습니다. 그분들은 사기 분양 때문에 전 재산을 잃고 길거리에 나앉게 되었다며 도움을 호소했습니다.

한 분, 한 분의 눈을 보았습니다. 흐르는 눈물에서 간절함과 절박함이 느껴졌습니다. 젊은 혈기에 왜 저분들이 억울해하는지 알고 싶었습니다. 사기 분양을 감독해야 할 기관은 억울함을 외면하고 있었습니다. 저는 그때 대한민국의 또 다른 실체를 보았습니다.

보름 후, 그분들의 이야기가 텔레비전을 통해 알려졌습니다. 다음날 아파트 주민들이 찾아왔습니다. 집에서 만든 떡과 과일을 내놓으며 연신 고맙다고 인사를 했습니다. 할아버지께서 손을 잡으며 말씀하셨습니다. "사건이 어떻게 해결될지는 모르지만 우리의 답답함을 들어줘 고맙네." 할아버지의 한마디는 저에게 이정표와도 같은 것이었습니다. 앞으로 무엇을 해야 할지 알게 해주었기 때문입니다.

지난 20여 년은 참으로 힘들고 어려운 시간의 연속이었습니다. 때로는 저널리스트로서의 한계를 느끼고 좌절도 했습니다. 그러나 저를 지켜준 힘은 취재 현장에서 만났던 서민들의 눈과 목소리였습니다. 사회의 비리를 찾아내고 부당한 권력을 감시하는 일은 거대한 절벽을 오르는 것과 같았습니다. 협박과 회유, 거기에 더해지는 압력. 그것과 타협하지 않은 대가는 저를 보이지 않는 감옥으로 몰았습니다. 만들었던 프로그램이 불방되고 팀에서 방출이 되었을 때는 격한 감정도 가졌지만 누구도 원망하지 않았고 말하지도 않았습니다. 그건 저를 위한 변명이라고 생각했기 때문입니다.

그동안 삶의 현장을 지켜보면서 저는 아주 중요한 것을 배웠습니다. 말과 행동의 일치입니다. 우리 사회의 신뢰와 권위가 무너진 이유도 바로 이 때문이었습니다. 모두가 그것을 알고 있었습니다. 그러나 자기중심적인 생각은 그것을 실천하지 못하도록 했습니다.

침체한 경제로 삶은 점점 팍팍해져 갑니다. 취업이 안 돼 청년들은 막막한 하루를 보냅니다. 그러나 그보다 더 무서운 건, 우리 삶에 희망이 보이지 않는다는 것입니다. 그런데 1년 전, 저는 세상에서 가장 아름다운 사람을 만났습니다. 그것은 행운이었고 절망은 희망으로 바뀌었습니다. 그 사람은 제가 저널리스트로 꿈꿔왔던 세상이 실제로 가능하다는 것을 보여 주었습니다. 그것은 엄청난 충격이었습니다.

세상을 떠난 지 십여 년이 넘었지만 사람들은 아직도 그분을 눈물로 기억합니다. 〈울지마 톤즈〉의 주인공 이태석 신부입니다. 저는 이태석 신부에게서 진정한 삶의 가치를 배웠습니다. 국민의 감동과 눈물에서 대한민국의 희망을 보았습니다.

영화 〈울지마 톤즈〉를 제작하면서 누구에게보다 먼저 꼭 보여 주고 싶었던 분들이 있습니다. 우리 사회의 리더들입니다. 국민을 위해 봉사하는 마음은 진정성에서 나옴을 말하고 싶었습니다. 남의 불행이 나의 행복이라는 생각이 얼마나 천박하고 부끄러운 것인지를 느끼게 하고 싶었습니다. 일부에서는 〈울지마 톤즈〉주인공이 신부님이라는 이유로 종교영화라고 말합니다. 그러나 〈울지마 톤즈〉는 강력한 고발의 성격을 가진 다큐 영화입니다.

변화는 무엇을 가르치고 강요해서 만들어지는 것이 아닙니다. 스스로 깨닫고 행동할 때, 진정한 변화가 이루어집니다. 이처럼 오래도록 국민이 감동한 것은 단지 한 사제의 삶이 아니라 그가 가진 사랑과 헌신의 정신이었을 것입니다. 이것이 국민이 원하는 것이고 요구하는 것입니다. 이러한 변화의 물결은 누구도 막지 못할 것입

니다. 마지막으로 이 책을 하늘에서 지켜보고 있을 이태석 신부님
께 바칩니다.

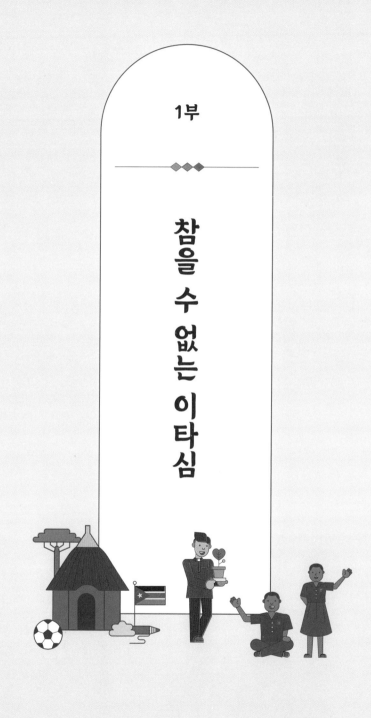

1부

참을 수 없는 이타심

인간이 인간에게
꽃이 될 수 있다고 믿지 않았다

25년! 강산이 두 번 바뀌고도 또 5년이 남는 세월이다. 〈울지마 톤즈〉의 열풍이 몰아치던 지난 1월, 어떤 기자가 가장 기억에 남는 프로그램이 무엇이냐고 물었다. 아마도 〈울지마 톤즈〉라는 답변을 기대했으리라. 한참을 망설였다. 바로 대답을 할 수 없어 그동안 제작한 프로그램을 찾아보고 알려주겠다고 했다.

PD는 프로그램으로 말한다. 어느 하나 소중하지 않은 것이 없다. 프로그램 제작은 배 속에 있는 아이가 건강하게 세상에 태어날 수 있도록 열 달 동안 온갖 정성을 쏟아내는 엄마의 마음과 같다. 회사의 영상자료 시스템을 이용해 검색해 보니 지금껏 만든 프로그램이 줄잡아 100여 편도 넘었다.

제목을 보는 순간, 한 편 한 편에 쏟았던 시간의 기억들이 되살아나고 수많은 얼굴들이 주마등처럼 지나갔다. 중국과 미얀마의 국경에 있는 국제 마약 밀매 조직의 거점에 잠입하기 위해 강물을 헤엄쳐 건너다 세찬 물살에 떠내려가 죽을 뻔했던 아찔한 순간, 파괴된 바그다드의 현장을 전하기 위해 마이크를 잡았다가 바로 뒤에 포탄이 떨어져 가슴을 쓸어내린 일, 중동의 무장단체 헤즈볼라 조직에 붙잡혀 감금당했던 기억. 기억은 사건만이 아니다. 내 기억 속에는 또 많은 사람들의 얼굴이 함께 하고 있다. 죽어가는 어린 딸의 억울함을 호소하며 울부짖던 영애 어머니, 중남미 외딴섬에서 마약 조직원으로 몰려 감옥생활을 하면서 대한민국을 애타게 불렀던 장미정 씨, 초등학생 딸이 평생을 아픈 기억 속에서 살아야 한다며 절망하던 아동 성범죄 피해자 어머니의 눈물, 무명 저고리와 버선 한 켤레, 부채 하나로 대한민국을 휘어잡았던 공옥진 여사, 그리고 잘못된 세상을 바로잡고 싶다며 위험을 감수하고 찾아온 수많은 제보자들. 만일 그분들이 없었다면 오늘의 나도 없었을 것이다. 고개가 절로 숙여졌다. 가장 기억에 남는 프로그램이 뭐냐고 묻던 기자에게 연락을 했다.

"프로그램에 출연했던 모든 분들은 세상을 어떻게 살아가야 하는지를 알게 해준 고마운 분들입니다. 만일 이분들의 눈물과 희생이 없었다면 오늘의 영광은 없었으리라 생각합니다. 이태석 신부님도 그중

24

한 분입니다."

사람들은 텔레비전을 바보상자라고 비판한다. 역설적으로 해석하면 그만큼 텔레비전의 영향력이 크다는 것을 말한다. 화면을 통해 전달되는 정보는 엄청난 파급력을 가진다. 그리고 사람들은 '설마 방송에서 거짓말을 하겠어'하는 믿음 때문에 텔레비전에 나온 이야기를 그대로 믿는 경우가 많다. 얼마나 무서운 이야기인가. 그래서 방송에서는 사소한 실수도 용납되지 않는다.

정치를 살아있는 생물이라고 하듯 방송도 살아있는 생물이다. 국민의 생각을 읽지 못하는 권력은 외면받는 것처럼 아무리 많은 제작비를 들여 만든 프로그램이라도 국민의 관심을 받지 못하면 프로그램으로서의 의미는 쇠퇴한다. 수신료를 받아 운영하는 공영방송은 이 원칙을 철저히 지켜야 한다.

20여 년 동안 죽으라고 현장을 뛰어다니다 보니 나름 노하우가 생겼다. 방송 소재를 찾아내는 감(感)이다. 한 가지 소재를 놓고도 어떤 관점에서 바라보느냐에 따라 의미가 달라진다.

〈울지마 톤즈〉의 주인공 이태석 신부와의 만남을 나는 운명이라고 생각한다. 나는 그분을 생전에 만나 뵙거나 그분에 대해 들어본 적이 없다. 더욱이 나는 가톨릭 신자도 아니었다. 우리는 만남의 끈을 가지고 있지 않았다.

2010년 1월 초, 3개월 후 방송될 「KBS 스페셜」의 아이템을 찾느라 애를 태우고 있었다. 이것저것 살펴보다 눈에 띄는 사연을 발견했다. 누명을 쓰고 옥살이를 하다 퇴직한 경찰관의 억울한 사연이었다. 개인 차원의 문제라기보다는 국민 보호정책을 고발하는 내용을 담고 있어 좋은 소재라고 생각했다. 취재에 앞서 자료 정리를 하던 중 우연히 인터넷에 한 신부의 선종을 알리는 기사를 보게 되었다. '김수환 추기경처럼 유명한 분도 아닌데 왜 뉴스의 주인공이 됐을까?'

시작은 호기심이었다. 수단의 슈바이처, 의사 출신 사제, 아프리카를 자원한 최초의 한국인 신부. 주인공의 내력을 살펴보면서 나는 나도 모르게 빨려 들어가고 있었다. '세상이 부러워하는 의사라는 직업을 왜 버린 걸까?' '위험하다는 전쟁 지역을 스스로 찾아간 이유는 무엇일까?' '그런 아들을 지켜보는 부모의 마음은 어땠을까?' 느낌은 전율로 바뀌고 있었다. 아! 그의 이야기는 그저 한 사람의 슬픈 이야기가 아니었다. 그는 나를 꾸짖고 있었다. 아니, 세상에 대한 준엄한 꾸짖음인지도 몰랐다. 돈, 권력, 출세, 욕망, 이기심으로 가득한 우리에게 그는 삶으로 사랑을 보여 주었다.

인간이 인간에게 꽃이 될 수 있다고 믿지 않았다. 그러나 그 순간 나는 그것을 목도하고 있었다. 흥분은 쉽게 가시지 않았다. 그분이 살아온 삶 속에는 방송을 하면서 정말 만들고 싶었던 세상, 하고 싶었던 모든 이야기가 담겨 있었다. 경찰관의 사례도 충분히 의미 있었지만 소재를 바꾸기로 마음먹었다. 흥분을 가라앉히자 걱정이 시작됐다. 혹시 다른 방송에서 뛰어들 경우 제작 기간이 긴 다큐멘터리는 김빠진 방송을 해야 하기 때문이었다. 아직 취재에 들어간 언론사가 없었다. 급한 마음만큼 서둘러야 했다.

전국 각지를 돌며 이태석 신부와 가까이 지내던 분들을 만났다. 기억은 곧 눈물로 이어졌다. 모두의 눈물이 한 사람의 모습을 그려내고 있었다. 인제대 의대에서 만난 60대 선배 교수는 내가 의사인데 후배의 병을 지켜만 보았다며 서럽게 울었다. '이태석 신부는 어떤 사람이었을까?' '왜 사람들은 그의 이름 석 자에 무너지는 것일까?' 내가 만난 사람들처럼 나도 이태석 신부에게 빠져들고 있었다.

영화 〈울지마 톤즈〉가 나오기까지 우여곡절이 많았다. 우선 주인공이 생존해 있지 않아 프로그램으로 가능할지에 대한 의문이 들었다. 만일 지인들의 인터뷰로만 내용을 채울 경우 전달력과 관심도가 떨어지고, 증언 내용에 대한 객관성 문제도 제기될 수 있기 때문이었다. 이것을 해결할 수 있는 방법이 무엇인지 고민했다. 생전에 찍어 놓은 영상만 있으면 가능하다는 결론을 내리고 수소문을 시작했다. 또 한 번 감(感)이 적중했다. 지인 중 생전의 모습을 찍어 놓은 테이프를 가지고 있는 분이 있었다. 말로만 들었던 이 신부의 이야기가 눈앞에 펼쳐지자 나도 모르게 탄성이 나왔다. 테이프에는 이 신부의 인간적인 모습과 한센인 마을, 브라스밴드, 학교와 병원 등 보고 싶었던 내용이 생생히 담겨 있었다. 화면이 다소 거칠어 걱정도 했지만 오히려 의도된 촬영이 아니어서 더 진솔했다. 테이프를

† 기타 치는 이태석 신부.

모두 보았을 때, 나는 나도 모르게 기도를 하고 있었다.

"오! 신부님, 감사합니다. 내가 당신을 선택한 것이 아니라 당신이 나를 선택하셨군요. 왜 사람들이 당신을 눈물로 기억하는지 알겠습니다. 가을 하늘 아래에서 색소폰으로「그때 그 사람」을 연주하는 모습을 보는 순간 숨이 멎는 듯했습니다. 당신의 얼굴에 드리워진 어머니에 대한 그리움을 보았기 때문입니다. '이 생명 다하도록 뜨거운 마음속 불꽃을 피우리라. 태워도 태워도 재가 되지 않는 진주처럼 영롱한 사랑을 피우리라.「열애」를 열창하는 모습은 당신이 어떤 삶을 살아왔는지 알게 해주었습니다. 신부님! 당신과의 만남은 운명입니다."

생전에 촬영한 테이프를 제공해 주신 지인들의 도움이 없었다면 〈울지마 톤즈〉는 그런 진한 감동을 전하지 못했을 것이다. 이 또한 이태석 신부의 뜻이라고 생각했다. 영상자료를 제공해 주신 분들에게 다시 한번 감사의 인사를 전한다.

영상 속의 이태석 신부는 그리 길지 않았던 49년의 순간들을 그렇게 토해내고 있었다. 불꽃처럼 산다는 것은 그런 것이었다. 장작에 불을 붙이면 그 장작은 다 타버릴지라도 불은 다른 장작이 있는 한 꺼지지 않는다. 이태석 신부는 불꽃을 만드는 장작이었다.

성공은 돈과 명예이다. 이것이 이 시대에 유효한 명제이다. 그리고 지금 대한민국이 앓고 있는 지독한 병이기도 하다. 아이들은 이것을 얻기 위해 치열한 경쟁 속에 내몰리고 어른들은 이것을 지키기 위해 앞만 보고 뛴다.

이태석 신부는 모두가 부러워하는 의사라는 직업을 버리고 세상에서 가장 위험한 곳을 찾아가 자신의 모든 것을 던졌다. 묻고 싶었다.

그런 용기가 어디서 났습니까?
왜 꼭 아프리카여야 했나요?
당신을 지켜준 힘은 무엇이었습니까?

생전에 만났다면 정말 묻고 싶은 질문이다.

다미안 신부

부산 송도는 가난했던 역사를 보여 준다. 피난을 내려온 사람들이 하나둘씩 모이더니 어느새 가파른 언덕에는 집들이 빼곡히 들어섰다. 아이들은 비좁은 골목길을 놀이터 삼아 시간을 보냈다.

이태석 신부는 부산항이 내려다보이는 이곳 언덕에서 10남매 중 아홉째로 태어났다. 열 살 때 아버지가 세상을 떠났다. 생활이 막막해진 어머니는 자갈치시장에서 옷도 팔고 수선을 해주며 악착같이 일했다. 이태석 신부와 맏형은 12년 터울이다. 밤늦게 돌아오는 어머니를 대신해 어린 태석을 돌봐주는 일은 누나들의 몫이었다. 태석은 자갈치시장이 내려다보이는 언덕에서 매일 저녁 어머니를 기다렸다. 엄마의 사랑이 필요한 나이였지만 아이는 늘 혼자서 이겨

냈다.

영화를 만들겠다는 결정을 내린 후, 가장 먼저 만나보고 싶었던 분이 어머니였다. 비록 사제의 신분이었지만 아들을 가장 잘 아는 분이라고 생각했다. 그러나 자식을 먼저 떠나보낸 어머니의 심정을 생각하니 엄두가 나지 않았다. 고민을 하다 이 신부의 바로 위 형인 이태영 신부에게 어머니와의 인터뷰를 할 수 있는지 물었다.

이태영 신부가 알려준 주소로 찾아갔다. 인적이 없는 건물에 '촬영하지 마시오'라는 경고문구가 보였다. 무슨 동네이기에 이런 말이 써 있는 건지 궁금했다. 이태영 신부를 만나 물어보니 얼마 전까지 한센인들이 모여 살았는데, 지금은 바로 옆에 아파트를 지어 이주를 했다고 한다. 병은 완치되었지만 주민들은 살던 곳을 떠나지 않았다.

부산 기장의 바닷가가 내려다보이는 언덕에 조그마한 성당이 있다. 이름은 삼덕성당이다. 이태영 신부는 이곳에서 한센인들을 위로하며 함께 지내고 있었다. 한집안에 신부가 둘인 것도 평범하게 보이지 않는데, 형제가 한센인과 깊은 인연을 갖고 있는 것에 무슨 특별한 사연이 있을 거라는 생각이 들었다. 이태영 신부가 빙그레 웃으며 대답했다.

"보잘것없는 사람에게 해준 것이 나에게 해준 것이라는 예수님의 말씀과 한 편의 영화 때문입니다."

이태석 신부가 초등학교 6학년 때였다. 가난 때문에 영화 구경은 엄두도 못 내던 시절, 동네 성당에서 영화를 보여 준다는 소식을 듣고 형제는 한걸음에 달려갔다. 영화는 하와이의 외딴섬에서 한센병 환자를 돌보다 그 병에 걸려 세상을 떠난 한 사제의 이야기였다.

1885년 다미안 신부는 몹시 피로했다. 목욕을 하면 나아질까 싶어 물을 끓였다. 잠깐의 실수로 그는 펄펄 끓는 물을 발등에 쏟았다. 덜컥 가슴이 내려앉았다. 뜨거워서가 아니었다. 발에 감각이 없었다. 그것은 한센병의 증상이었다. 그리고 다미안의 얼굴도 그가 돌보던 한센인처럼 흉측하게 일그러져 갔다. 그는 한센병이 걸린 후, 이제는 한센인에게 미안한 마음이 없어졌다고 했다. 그리고 한센인을 위해 온전히 자신을 바쳤다. 16년 동안 한센인과 살았던 다미안 신부는 스스로를 세상에서 가장 행복한 선교사라고 했다. 다미안 신부는 2009년 로마교황청에 의해 성인으로 추대된다.

다미안 신부의 삶은 형제의 가슴속 깊이 스며들었다. 이태영 신부는 그때를 이렇게 회상했다.

"다미안 신부님의 삶이 너무나 아름다워 보였어요. 그러나 동생 태석이는 영화를 본 후 아무 말이 없었습니다. 저도 그 영화를 보고 성직자의 길을 걷고 싶은 마음이 생겼는데, 동생도 비슷하게 느꼈을 것이라고 생각합니다."

이태석은 어릴 적 자신에게 약속했던 꿈을 현실로 만들었다. 그리고 다미안 신부처럼 한센병 환자를 헌신적으로 돌보다 다미안 신부와 같은 마흔아홉의 나이에 선종했다. 우연의 일치였을까? 아니면 하느님의 뜻이었을까? 전율이 느껴졌다. 이태영 신부는 동생의 죽음이 슬프고 허탈하지만 사랑을 위해 자신을 불태우고 떠난 의미 있는 삶이었다며 부럽다고 했다. 이태영 신부는 어릴 적 동생을 이렇게 기억하고 있었다.

"고집이라면 고집이고, 좋게 표현해서 순수라면 순수이고. 어릴 때부터 그랬어요. 자기가 해야 될 거는 끝까지 해요."

이태석 신부의 넷째 누나는 수녀이다. 그녀는 대구의 가톨릭 병원에 간호사로 있다 은퇴했다. 한 사람도 아니고 세 사람이나 하느님의 자식으로 떠나보낸 어머니는 어떤 분일까? 이태영 신부에게 인터뷰는 안 해도 좋으니 어머니에게 위로의 말씀을 드리고 싶다고 했다. 아들을 떠나보낸 충격 때문에 힘들어하신다는 이야기를 전해 들은 터라 크게 기대는 하지 않았다. 그런데 일주일 후 이태영 신부에게 뜻밖의 연락이 왔다. 어머니가 인터뷰를 허락하셨다는 것이다. 그 순간 또 한 번 손을 모아 기도했다. '아! 신부님. 당신이 이번에도 도와주셨군요. 감사합니다.'
어머니를 꼭 만나고 싶었던 데에는 이유가 있다. 어머니를 통해

† 이태석 신부.

인간 이태석의 모습을 보고 싶었다. 성공을 내던지고 고난의 길을 떠난 아들, 그리고 그것을 받아들인 어머니의 사랑을 확인하고 싶었다. 이것은 한 개인의 이야기가 아닌 자식을 키우는 대한민국의 모든 어머니가 공감할 수 있는 이야기라고 생각했다. 어머니를 만나기 전날 여러 가지 생각에 잠을 이룰 수 없었다. 무엇을 물어봐야 어머니의 마음을 읽어낼 수 있을지, 고민이 꼬리에 꼬리를 무는 밤이었다.

고아원

그날이 왔다. 예고 없는 함박눈이 내려 세상을 하얗게 물들였다. '눈은 무슨 의미일까? 어머니를 만나러 가는 것을 이태석 신부도 알고 있는 것일까?' 어머니는 서울 강동구에 있는 오래된 15평 아파트에 혼자 살고 있었다. 문이 열리고 어머니가 보였다.

의외로 담담한 모습이었다. 감사의 인사를 전하며 두 손을 꼭 잡았다. 진심으로 위로해 드리고 싶었고 어머니의 마음을 느끼고 싶었다. 어머니와의 만남에는 이태영 신부와 두 누님도 함께했다. 아들에 대한 아픈 기억 때문에 돌발 상황이 발생할 수도 있다는 걱정 때문이었다. 인터뷰가 시작되었다. 어머니의 첫마디는 아들의 선택을 말리지 못한 안타까움이었다.

"처음부터 못 가게 했어요. 아프리카는 병도 많고, 또 너무 덥고. 여기 한국에서도 얼마든지 좋은 일 할 수 있는데, 뭐 하러 거기까지 가느냐고. 아들과 로마에 갔을 때도 구경도 안 하고 가지 말라며 하루 종일 울었어요. 그런데도 안 되더라고요. 거기 불쌍한 아이들이 많아서 가야 한다는 겁니다."

어머니는 아들이 제대로 된 암 검사를 한 번이라도 받았다면 세상을 떠나지 않았을 거라며 울기 시작했다.

"그때 말릴 때 안 갔으면 이렇게 안 죽었을 것인데. 2008년 8월 미국에서 미주 서부지역 성령대회가 있어 LA를 방문했는데 몸이 이상했나 봐요. 형인 이태영 신부에게 부탁해 주변에 있는 내과에서 피와 간 검사를 했어요. 그런데 검사 결과가 괜찮다고 하더래요. 그때 입원이라도 해서 자세히 진찰했으면 암을 발견해서 고쳤을 것 아닙니까? 그때 생각만 하면 후회가 막심해요."

어머니를 진정시키기 위해 이태석 신부의 어린 시절로 화제를 바꿨다. 어머니는 끼니를 걱정해야 할 정도로 어려운 환경 속에서도 착하게 커 준 아들에게 항상 미안하고 고마운 마음이었다고 했다. 그런 아들에 대한 이야기가 시작되었다. 남들처럼 가르쳐야 한다는 욕심이 왜 없었으랴. 하지만 가난이 그걸 허락하지 않았다. 어머니는 매일 새벽 성당을 찾아가 건강하고 착하게 커달라고 기도를 했다. 어머니의 지극정성이 통했을까? 어린 이태석은 공부도 잘하고 꿋꿋하게 자랐다.

"공부도 잘했어요. 초등학교 졸업할 때도 장학금 타고 그랬어요. 또 중학교 다닐 때도요. 시험을 봐서 1등 하면 상장을 주는데 매달 타오니까, 오죽하면 그랬어요. 다른 사람은 상장 하나만 타도 부모들이 참 좋아하는데 나는 매번 타니까 좋아하지도 않는다고. 누나들 결혼할 적에는 오르간도 치고. 하여튼 만물박사였어요. 정말 못 하는 게 없었어요."

아들 자랑 때문일까? 모처럼 어머니의 얼굴이 편안해 보였다. 남편을 먼저 보낸 어머니는 혼자서 10남매를 키웠다. 새벽부터 한밤중까지 일에 매달려야 했다. 남들처럼 공부에 신경 써줄 여력은 더더욱 안 됐다. 그렇지만 어머니는 아들이 착한 마음을 갖도록 애썼다. 남의 물건을 가져오거나 남에게 피해를 주는 행동을 하면 함께 찾아가 잘못된 점을 지적하고 다시는 그런 일이 없도록 타일렀다. 이태영 신부는 동생이 어머니의 영향을 많이 받은 것 같다고 말했다.

"그렇게 고생을 하시면서도 '남에게 책잡히는 행동은 하지 마라. 조금씩 손해 보면서 살아라'는 말씀을 많이 하셨어요. 어머니는 자존심

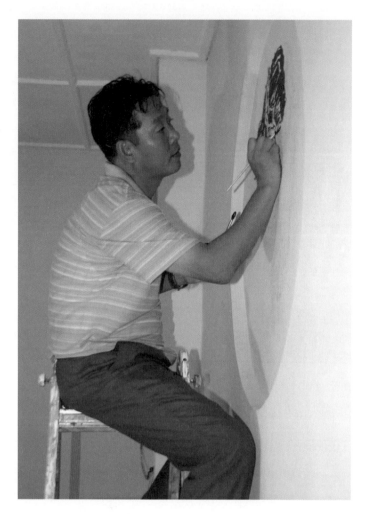

† 그림 그리는 이태석 신부.

이 대단하셨지요. 아무리 없이 살아도 친척분들한테 손을 벌리거나 내색 한번 안 하신 분입니다. 한번은 누나가 못을 하나 주워 왔어요. 지금은 아무것도 아니지만 그때만 해도 못이 귀할 때였어요. 어머니는 누나에게 주어 온 곳에 갖다 놓으라고 말씀만 하는 것이 아니라 직접 데리고 가서 딱 그 자리에 놓는 거를 보고 오셨어요."

열 살 어린아이는 어머니의 생각과 행동을 보며 세상 살아가는 방법을 하나씩 터득했다. 나보다는 남을 생각하는 마음도 배웠다. 새 옷을 사주면 없는 아이들에게 벗어주고 들어왔다. 어머니는 혼을 내지 않았다. 아이는 꿈을 갖기 시작했다. 다섯째 누나는 이태석 신부가 수단에서 보여준 사랑은 어릴 때부터 가졌던 것 같다고 말했다.

"한번은 저하고 고아원을 지나가는데. 그 안을 자꾸만 쳐다보는 겁니다. 그래서 빨리 가자고 하니까 아이들을 돌보고 가면 안 되냐고 하면서 나중에 크면 고아원을 차릴 거라고 하는 겁니다. 그래서 제가 그랬습니다. 우리도 아버지가 돌아가셨으니까 엄마도 고아라고 하면서 데리고 왔습니다."

이태석 신부는 어려운 환경에서도 꼿꼿하게 컸다. 중학교 생활기록부에 기록된 이태석은 말보다는 행동으로 보여 주는 밝고 적극적인 학생이었다. 고등학교에 진학한 이태석 신부는 새로운 꿈을 꾸기 시작했다. 의사가 되기로 한 것이다. 과외 한번 받지 않았지만 의대에 합격했다. 이웃들은 지긋지긋한 고생이 끝났다며 부러워했다. 어머니는 그런 아들이 너무나 대견스러웠다.

"그 기쁜 마음이야말로 다할 수 있어요? 아마 대통령 됐어도 그렇게 안 좋았을 거예요. 나는 그렇게 좋더라고요. 당장 줄 입학금이 없어도 합격을 하니까 말할 수 없이 좋고 이것이 부모의 마음이구나 생각했지요. 더군다나 없는 집에서 있는 집 자식들보다 더 잘하니까. 왜 그렇게 좋은지. 그렇게 좋았었어요."

어머니가 기억하는 어린 이태석은 대견함과 자랑스러움이었다. 어머니는 이태석 신부가 다시 돌아올 수 없는 길을 떠난 것도 잠시 잊은 듯했다.

아프리카로

인터뷰를 시작한 지 2시간이 흘렀다. 이제부터는 아픈 기억을 이야기해야 한다. 세상의 모든 행복을 얻은 것처럼 좋아했던 어머니는 어느 날 청천벽력 같은 이야기를 듣게 된다. 아들이 신부가 되겠다는 것이다. 이미 두 자식을 하느님에게 보낸 어머니는 도저히 받아들일 수 없었다. 처음에는 하느님도 원망했다. 막내가 간다면 허락해도 너만은 안 된다고 말렸다. 차라리 결혼을 해서 외딴섬에 가 살라며 아들을 붙잡고 울기도 했다. 그때의 심정을 어머니는 이렇게 전한다.

"그때는 사생결단하고 말렸어요. 솔직히 욕심이 생기더라고요. 더군

다나 의사인데. 이제 학교만 졸업하면 의사할 건데. 의사 자격증 따고 인턴 자격증 따고. 그래서 아들에게 그랬습니다. 네 동생은 보내도 너는 못 보내겠다고. 아들을 잃어버리는 거 같고, 아이들만 바라보고 사는데 누구한테 뺏기는 것 같았어요."

나는 다시 물었다. 그렇게 말렸을 때, 이태석 신부는 무슨 말을 했을까?

"승낙해달라고 하죠. 저도 울고, 나도 울고. 휴지 한 통을 뜯어서 다 썼어요. 나는 못 한다고 하면서 서로 붙잡고 막 울었어요."

어머니는 아파하는 아들의 모습을 보았다. 아들에게 더 이상 상처를 주고 싶지 않았던 어머니는 끝내 승낙했다. 그리고 힘든 결정을 내린 어머니는 아들을 축복해 주었다. 이탈리아의 부제 서품식에도 참석해 아들에게 용기를 주었다. 환하게 웃는 아들을 보며 어머니는 정말 잘한 선택이라고 생각했다. 그런데 어머니는 또 한 번 충격적인 이야기를 듣게 된다. 이태 석 신부는 그때를 이렇게 이야기했다.

"로마에서 부제 서품을 받았는데, 그때 어머님을 초대해 놓고 숨어버린 적이 있어요. 어머니는 내가 아프리카로 지원했다는 거를 그때

까진 몰랐죠. 그런데 잠깐 밖에 나간 사이에 다른 한국 사람이 어머니도 아시는 줄 알고 말을 해버린 거예요. 아드님이 아프리카에 일부러 신청해서 수단에 간다고. 난리 났었죠. 어머니가 로마까지 오셨는데, 또 한 번 충격을 받고 돌아가셨어요."

- 2007년 이태석 신부 인터뷰 중

아프리카를 지원했다는 소식을 들은 어머니는 이번에도 강력하게 말렸다. 아들이 아프리카로 떠나면 영영 볼 수 없을 거라고 생각했기 때문이다. 그러나 어머니는 이번에도 졌다.

"왜 하필이면 거기 가서 하나. 한국에서도 불쌍한 사람들 도울 수가 얼마든지 있는데, 왜 하필이면 아프리카에 가나 그런 생각이 들었었죠. 그래도 아들이 좋다니까. 별생각을 다 해봤었어요. 그렇지만 자식이 나쁜 길로 빠져도 막지 못하는 게 부모인데, 좋은 일을 하겠다는데 어떻게 말리겠나 싶어서 놔줬지요."

2001년 이태석 신부는 아프리카로 떠났다. 어머니는 아들이 어떻게 지내고 있는지 너무나 궁금했다. 그러나 통신 사정이 좋지 않아 소식을 들을 수 없었다. 신문과 텔레비전의 아프리카 관련 소식은 굶어 죽고 전쟁으로 고통받는 끔찍한 이야기뿐이었다. 어머니는 아침저녁으로 성당을 찾았다. 아들이 건강하게 지낼 수 있도록 하느님께서 지켜달라며 간절하게 기도했다. 2003년 아들이 텔레비전에 나온다는 소식을 듣고 텔레비전을 켰다. 그렇게 보고 싶었던 아들이 보였다.

"아이고, 태석아! 이러고 텔레비전 화면 앞으로 쫓아갔었어요. 너무 반가워서.

근데 텔레비전에서 나오는 걸 보니까 너무 고생스러워 보였어요. 한센병 환자를 치료하는데 장갑도 안 끼고 맨손으로 치료를 하고. 아무리 아들이라도 이해를 못 했어요. 왜 저렇게 사서 고생을 하는지. 한국에서 신부로 있으면 호강은 못 해도 저렇게 고생은 안 할 텐데 왜 사서 고생을 하나 싶어서 안타까웠습니다."

이태석 신부는 2년에 한 번 휴가차 한국에 왔다. 그때마다 그의 손에는 비디오와 사진이 들려 있었다. 수단의 주민들과 함께 병원과 학교를 세우는 모습이었다. 사진과 비디오를 보여드리며 그렇게라도 어머니를 위로해 드리고 싶었기 때문이다. 그러나 어머니는 아들이 훌륭하다는 칭찬을 듣는 것보다 건강했으면 하는 마음뿐이었다.

2005년 처음으로 큰 상을 받았다. 모교인 인제대로부터 '인제인성대상'을 수상한 것이다. 이 신부는 어머니에 대한 고마움을 이렇게 표현했다.

"허락하신다면 이 상을 어머니에게 드리고 싶습니다. 아버님이 일찍 돌아가시고 어머님 혼자 바느질로 10남매를 키우셨습니다. 의대를 다니는 6년 동안 장학금 한 번 받지 못한 아들의 학비를 대느라 정말 고생 많이 하셨고. 의사 아들을 통해 영광을 보고 싶으셨을 텐데 한 번도 저를 원망하지 않으셨습니다. 이 자리를 통해 어머니에게 감사하다는 말씀을 드리며, 이 상이 어머니에게 큰 보람이 될 수 있을 것 같아 무척 고맙고 행복합니다."

– 교지 인터뷰 중

인터뷰를 하던 어머니가 안방 장롱을 열었다. 5,000만 원이라고 쓰인 상금증서와 상패가 보였다. 2009년 '한미자랑스러운의사상' 수상으로 받은 것이었다. 수단에서의 이야기가 세상에 알려진 후, 이태석 신부는 여러 단체로부터 의료봉사 수상자로 선정됐다. 상금의 대부분은 돈이 없어 어려움을 겪는 톤즈에 병원과 학교를 짓는 데 사용했다. 이태석 신부는 상금을 받을 때마다 어렵게 사는 어머니가 떠올랐을 것이다. 그것은 평생 짊어지고 가야 할 마음의 짐이었다. 어느 날 기회가 왔다. 또다시 수상자로 선정된 것이다. 아들은 어머니에게 모든 것을 드리고 싶었다.

"한번은 아들이 상금 1,000만 원을 받을 일이 있었는데, 그동안 엄마한테 한 번도 돈을 드리지 못했다며 이번 상은 개인으로 타는 거니까 상금을 어머니에게 드리고 싶다고 해서 받은 적이 있어요. 그런데 도저히 받을 수가 없었어요. 아들이 갖은 고생 해서 받은 상금이고, 내가 돈이 있어서 도와준 적도 없는데. 수단에 가서 쓰라고 돌려주었어요."

어머니는 항상 아들 편이었다.

2008년 11월에 휴가를 온 이 신부가 두 달이 지나도 돌아가지 않았다. 아들의 얼굴은 하루가 다르게 변해갔다. 수척해진 얼굴에는 병색이 완연했다. 어머니가 걱정하자 아들은 항상 밝은 모습으로 안심시켰다. 그리고 2009년 대장암 말기 판정을 받았다. 아들은 어머니가 걱정한다며 가족들에게 알리지 말라고 부탁했다. 머리가 빠지고 수척해져 가는 모습을 어머니가 걱정할 때면 독한 약을 써서 그렇다고 둘러댔다. 그러나 어머니를 속이는 것은 오래가지 않았다.

"어느 날 딸들이 서로 짜고 저한테 아들이 아프리카에 간다고 그래요. 아들도 밖에까지 마중을 나와 인사를 하니 그런 줄 알고 잘 다녀오라고 했어요. 그런데 2010년 여름, 제가 다니는 성당의 신부님이 강론을 하시는데 이태석 요한 신부가 암 투병 중이라고 하는 거예요. 내 아들은 아프리카 가서 잘 있는데, 누구지 하며 남의 이야기인 줄 알았어요. 그래도 이름이 같으니까 옆 사람에게 물어보았더니 세상에 우리 아들이 맞는 거예요. 하늘이 무너져 내렸죠. 세상에, 암이라니 믿을 수가 없었어요. 딸이 달려와서 엄마가 쓰러질까 봐 속였다고 그래요."

어머니는 아들에게 달려갔다. 아들은 환하게 웃으며 오히려 우는 어머니를 위로했다. 심한 통증이 와도 진통제를 찾지 않았던 이태석 신부가 선종 20일 전부터 눈물을 보였다. 아픔을 참지 못해 많이 울기도 했다. 옆에서 지켜볼 수밖에 없던 누나들은 가슴이 찢어지는 듯했다. 그러나 이태석 신부는 어머니에게만은 아픈 모습을 보이려 하지 않았다. 어머니가 온다는 연락을 받으면 누나들에게 부축해 앉혀달라 했고 병상에서 밝은 미소로 어머니를 맞았다.

"머리도 빠져서 없고 모자를 쓰고 얼굴도 새큼해졌더라고요. 뭐가 많이 나서 아프냐고 물어보면, 약이 독해서 그렇지 괜찮다고 그러니까, 괜찮은 줄만 알았죠. 근데, 내가 우니까 울지 말라 그래요, 우리 아들이. 엄마, 나 괜찮다고, 아무렇지도 않다고. 조금 있으면 아이들하고 축구도 하고 그런다고. 그래서 저는 암 1기나 된 줄 알았죠. 내가 참 미련했어요. 우리 아들이 죽는다는 걸 생각도 못 하고."

2010년 1월 13일 밤, 다급히 어머니에게 아들이 위급하다는 연락이 왔다. 어머니는 병상에 누워 있는 아들에게 "내가 누군지 알겠어?" 하고 물었다. 아들은 고개를 끄덕였다. 정말 괜찮은지 확인하고 싶은 마음에 "내가 누구야?" 하고 다시 물었다. 아들은 "엄마!"라고 불렀다. 그것이 마지막이었다.

어머니는 속마음을 숨기지 않았다. 두 아들과 딸을 신부와 수녀로 보낼 만큼 누구보다도 신앙심이 깊었지만 하느님이 밉고 원망스럽다며 눈시울을 적셨다. 옆에서 지켜보고 있던 이태영 신부와 누나들도 울었다. 그동안 울고 싶어도 하늘나라에 있는 아들이 슬퍼할까 봐 울지 못했다는 어머니. 서랍에서 아들의 어릴 적 사진을 꺼내 얼굴을 만졌다. 그리고 아들의 이름을 부르며 통곡했다.

"내 아들 태석아!"

촬영은 중단됐다.

"어려서 호강 못 시킨 것. 그것이 가슴 아프고요. 미국에서 진찰할 때, 좀 며칠이라도 병원에 있으면서 자세히 검사를 했더라면 그때 암이라는 게 발견돼서 고쳤을 건데, 아프리카를 못 잊어서 시간 없다고 못 고친 걸 생각하면 그게 그렇게 가슴이 아픕니다."

어머니는 이태석 신부를 가슴에 묻었다.

모든 것을 바치겠다고 다짐하다

이태석 신부가 강연할 때마다 부르던 노래가 있다. 「슈쿠란 바바」. 아프리카 딩카말로 '하느님 감사합니다'라는 뜻이다. 특별한 가사도 없다. '슈쿠란 바바'를 반복해서 부를 뿐이다.

　이태석 신부는 남수단에 도착한 후 참혹한 전쟁의 그림자를 지켜봤다. 수많은 민간인들이 이유도 없이 죽어가고 집과 건물은 파괴되었다. 살아있는 사람들은 공포에 떨며 절망했다. 이태석 신부는 그들 곁을 떠나지 않았다. 아이들에게 평화의 중요성을 가르치고 희망을 갖도록 했다. 2005년 북수단과 남수단이 평화협정에 사인을 했다. 이태석 신부는 전쟁이 끝났다는 소식을 듣고 너무나 감격스러워 노래를 만들었다. 바로 「슈쿠란 바바」이다. 이 노래는 남수단

평화의 상징으로 남아 있다. 그때의 감격을 이태석 신부는 이렇게
전한다.

"전쟁이 2005년도에 딱 종식이 됐어요. 그동안 저희가 기도를 엄청
나게 했어요. 평화를 달라 평화를 달라. 하느님께. 그래서 그 평화가
이루어진 날, 제가 만들어서 같이 우리 아이들과 노래를 불렀어요."
 - 2008년 LA 성령대회에서

영화 〈울지마 톤즈〉를 통해 유명해진 노래가 있다. 성가 「묵상」이
다. 앞서 소개한 「슈쿠란 바바」가 수단 평화의 메시지를 담고 있다
면 묵상은 길지 않았던 이태석 신부의 49년 삶을 담고 있다.

〈울지마 톤즈〉 제작을 위해 맨 처음 찾은 사람이 형 이태영 신부
이다. 이태영 신부가 머물고 있는 조그만 수도원의 응접실에서 우
리는 처음 만났다. 장례를 치른 지 일주일밖에 되지 않아 질문하는
것도 조심스러웠다. 특히 같은 사제였기에 동생의 죽음을 받아들이
는 마음이 다른 가족과 다를 것 같았다. 많은 질문을 했다. 이 신부
는 동생에 대해 많은 이야기를 들려주었다. 2시간 동안 동생에 대한
기억들을 들려주면서 조금의 흐트러짐도 없었다.

형제는 닮는다는데, '이태석 신부도 저런 성격이었을까?' 하는 생
각이 들었다. 「묵상」에 대해 질문했다. 이태영 신부는 대답 대신 갑
자기 자리에서 일어나 방으로 들어갔다. 잠시 후 기타와 책 한 권을

들고나왔다. 표지를 보니 성가집이었다. 기타의 음정을 맞추고 노래를 부르기 시작했다.

십자가 앞에 꿇어 주께 물었네.

추위와 굶주림에 시달리는 이들.

총부리 앞에서 피를 흘리며 죽어가는 이들을 왜 당신은 보고만 있냐고.

눈물을 흘리면서 주께 물었네.

세상엔 죄인들과 닫힌 감옥이 있어야만 하고 인간은 고통 속에서 번민해야 하느냐고.

조용한 침묵 속에서 주 말씀하셨지.

사랑. 사랑. 사랑 오직 서로 사랑하라고.

난 영원히 기도하리라.

세계평화 위해.

난 사랑하리라. 내 모든 것 바쳐.

노래가 끝나자 깊은 생각에 잠긴 듯 말이 없다. 「묵상」은 이태석 신부가 중학교 3학년 때 가사를 쓰고 작곡한 노래이다. 가사는 중학생의 어린 나이에 만든 노래라고는 상상이 되지 않을 만큼 시대의 아픔을 담고 있다. 이태석 신부가 중3 때면 대략 1977년 무렵이다. 당시 우리 사회는 정치 사회적으로 불안한 시기였다. 자유와 민

주화를 요구하는 목소리는 짓밟혔고 많은 사람들이 투옥되었다. 혹시 이런 시대적 아픔을 노래로 만든 것은 아닐까? 이태영 신부는 그런 부분이 있을지도 모르겠다고 했다. 그렇지만 가장 큰 이유는 힘들고 고통스럽게 살아가는 사람들에 대한 사랑일 거라고 했다. 아마도 초등학교 때 본 다미안 신부의 영화가 영향을 미친 것처럼 주위 사람들의 아픔이 노래를 만들게 된 직접적인 계기일 것이라고 말했다. 특히 「묵상」은 동생의 삶이 모두 다 녹아 있는 노래라고 했다. 그동안 동생이 직접 쓴 악보 원본을 찾으려고 그렇게 애를 썼는데 허탕이었다며 안타까워했다.

다음날 회사로 돌아와 인터넷에 올라와 있는 「묵상」을 찾아서 듣고 또 들었다. 이태석 신부의 어린 시절, 수단에서 그가 보여 주었던 감동적인 삶, 그리고 투병 과정의 모든 이야기를 듣고 나니 가사 하나하나가 의미심장하게 다가왔다. 그는 무엇을 꿈꾸며 이 노래를 만든 것일까? 그 해답은 사랑에 있었다. 이태석 신부는 굶주림과 총부리에 신음하는 사람들을 위해 자신의 모든 것을 바치겠다고 다짐했다. 20년 후, 그는 스스로에게 약속한 것을 지키기 위해 세상에서 가장 가난하고 위험한 곳으로 떠난다.

"너무 불공평했습니다. 아무런 잘못도 없는 저들이 왜 저토록 고통스럽게 살아야 하는 건지. 영양 상태만 좋으면 쉽게 이길 수 있는 말라리아나 홍역으로 죽어가고, 배앓이로 죽고, 지뢰를 밟아 죽고, 총에 맞아 비명횡사합니다. 아이들이 열병에 걸려 신음하면 부모들이 할 수 있는 거라곤, 마당에 물을 뿌려놓고 열이 내리길 기다리는 것뿐입니다."

— 이태석 신부

감동은 쉽게 가시지 않았다. 「묵상」에 이태석 신부의 활동 화면을 편집해 보기로 했다. 첫 구절 '십자가 앞에 꿇어……'의 가사에는 허름한 성당에서 미사를 집전하는 모습을, '총부리 앞에서 피를 흘리는……' 가사에는 전쟁에서 부상당한 군인과 환자들을 치료하는 화면을 입혔다. '인간은 고통 속에서……'가 나오는 부분에는 손가락이 없는 한센병 환자가 성호를 긋는 모습을 담았다. 뮤직비디오라고 하기에는 엉성했지만 하나의 작품이 만들어졌다. 그런데 화면을 돌려보는 순간 나도 모르게 "아!" 하고 소리를 질렀다.

그가 꿈꾸었던 것이 바로 이거였구나! 비록 2분도 채 안 되는 시간이었지만 보는 내내 눈물이 쏟아졌다. 무엇이 나로 하여금 이토록 감정을 북받치게 한 것인지 곰곰이 생각해 보았다. 주인공의 삶이 너무나 감동적인 때문일까? 아니면 나이를 먹어서 마음이 약해진 것일까? 모두 아니었다. 그동안 살아온 삶에 대한 부끄러움 때문이었다.

어린 시절의 꿈을 현실로 만들고 세상을 떠난 사람. 그를 기억하는 사람들은 「묵상」의 뮤직비디오를 보고 모두 울었다. 영화 편집이

† 남수단 톤즈 한센인마을 이태석초등학교 아이들.

마무리될 즈음 영상을 제공한 분들에게 연락을 했다. 영상을 어떻게 사용했고, 사용된 영상이 의미를 왜곡시키지는 않았는지 확인하기 위해서였다. 그것은 또한 도움을 준 분들에 대한 예의이기도 했다.

영상을 제공한 ㈜두산 홍진기 부장과 시사회를 가졌다. 남수단을 방문했을 때 본인이 찍은 화면이 나오자 밝게 웃었다. 이태석 신부에게 작은 도움을 주기 위해 기록용으로 찍은 것인데, 이렇게 의미 있게 사용될 것이라고는 생각지 못했다고 했다. 40분이 지날 무렵, 「묵상」이 흐르고 미사를 준비 중인 신부의 모습이 보였다. 홍 부장은 화면에서 눈을 떼지 못했다. 뮤직비디오 부분이 끝나자 갑자기 밖으로 나갔다. 잠시 후 돌아온 그의 붉게 부어오른 눈에는 눈물이 고여 있었다. 홍 부장의 눈물에는 또 하나의 특별한 사연이 담겨 있었다.

"한번은 신부님과 이야기를 나누는데, 자신이 꼭 해보고 싶은 것이 있다고 해요. 무엇입니까? 물어보니까, 영화음악 감독이라고 하면서 나중에 이곳이 안정되면 음악을 작곡해 꼭 영화 제작에 참여하고 싶다는 겁니다. 그런데 오늘 뮤직비디오를 보니까 신부님이 그렇게 하고 싶어 했던 소원이 이뤄졌구나 하는 생각이 들어 감격스럽고 슬퍼서 도저히 자리에 앉아 있을 수 없었습니다."

사연을 듣고 나니 영화를 제작하는 것이 또 한 번 나의 뜻이 아니라는 생각이 들었다. 묵상은 이태석 신부 자신과의 약속이었고 기도였다. 어린 시절의 약속을 실천하기 위해 그는 마지막까지 자신의 모든 것을 바쳤다. 그는 떠났지만 노래 가사처럼 세상에는 사랑이 남았다. 영화가 알려진 후, 「묵상」은 유명한 성가가 되었다. 두 차례 〈울지마 톤즈〉의 후속 프로그램을 제작하면서 「묵상」을 삽입했다. 1년이라는 시간이 흘렀지만 감동은 여전하고 눈물은 멈추지 않는다.

✝묵상

이태석 작사·곡

십자가 앞에 무릎꿇어 주께 물었네
추위와 굶주림에 시달리는 이들
총부리 앞에서 피를 흘리며
죽어가는 이들을 왜 당신은 보고만 있냐고

눈물을 흘리면서 주께 물었네
세상엔 죄인들과 닫힌 감옥이 있어야만 하고
인간은 고통 속에서 번민해야 하느냐고

조용한 침묵 속에서 주 말씀하셨지
사랑 사랑 사랑 오직 서로 사랑하라고

난 영원히 기도하리라
세계평화 위해
난 사랑하리라
내 모든 것 바쳐

(이태석 신부님께서 중학교 3학년 때 작사 작곡한 성가)

2부

죽음을 잊은 용기

톤즈

지난 30여 년의 방송 생활 중의 6년은 분쟁지역을 찾아다녔다. 팔레스타인 가자지구, 동티모르, 파푸아뉴기니, 체첸, 코소보, 아프가니스탄, 레바논, 이라크. 하나같이 목숨을 내놓고 다녀야 하는 곳이다. 누가 시켜서 한 일은 아니었다. 처음엔 특별한 사명감이 있었던 것도 아니다. 그저 호기심 같은 것이었다. 그러나 호기심은 점차 다른 무엇으로 바뀌고 있었다. 죽음의 공포 속에서도 악착같이 살아남으려는 인간의 처절한 모습을 지켜보며 무조건 가야 한다는 생각이 들었다.

1996년 러시아가 침공한 체첸 지역을 취재할 때였다. 수도 그로즈니의 대통령궁을 비롯한 중요 건물 대부분은 폭격으로 흔적도 없이 사라졌다. 길거리에 방치된 버스는 총탄 세례를 받은 듯 벌집처럼 구멍이 뚫려 있었다. 안내인에게 피해가 가장 심한 지역이 어디냐고 물어보자 한 마을로 안내했다. 그런데 동네에는 아이들과 여성뿐이었다. 모두 공포에 질린 얼굴이었다.

남자들은 대부분 죽고 여성들은 성폭행을 당해 마을이 쑥대밭이 되었다고 했다. 양동이를 나무막대에 걸고 물을 길어오는 소녀가 보였다. 소녀의 시선이 나를 향했다. 소녀의 얼굴을 보는 순간 숨이 멎는 듯했다. 아무런 표정이 없었다. 무표정한 얼굴의 서늘한 눈빛, 두려움이 느껴졌다. 소녀가 지켜본 것은 무엇일까? 어쩌면 그것이 항상 위험을 감수하면서도 분쟁지역에 가는 이유인지 모른다.

오대양 6대륙 가운데 유일하게 가보지 못한 곳이 아프리카였다. 특히 다르푸르 분쟁으로 수십만의 민간인이 학살낭한 수단은 가장 위험한 지역으로 알려져 있었다. 이태석 신부가 있던 톤즈 지역은 다르푸르와는 떨어져 있지만 부족 간의 분쟁 때문에 불안이 계속됐다. 지난해 1월에는 유엔에서 외국인의 신변 안전을 보장할 수 없다며 철수를 권고할 정도였다. 이런 치안 상황은 남수단행을 망설이게 했다. 더욱이 아프리카 분쟁지역에 대한 경험과 정보도 없는 상태였다. 거기에 보건당국은 말라리아나 각종 풍토병에 대해 경고하고 있었다. 주변에서도 국내에서 촬영한 분량으로 프로그램이 가능한데 왜 굳이 위험을 사서 하느냐며 만류했다. 열흘 동안 고민을 했다. 이미 확보한 자료 테이프와 촬영 테이프를 다시 보았다. 꼭 가야 했다.

직접 현장을 찾아가 이태석 신부의 흔적을 눈으로 보고 싶었다. 더 중요한 이유는 톤즈 사람들의 반응과 증언을 통해 이태석 신부가 수단에서 펼친 사랑의 깊이를 확인하고 싶었기 때문이다. 솔직히 이태석 신부가 톤즈를 떠난 지 2년이 지났는데도 사람들이 기억하고 있을지, 신부의 흔적 이 그대로 남아 있을지 걱정이 됐다. 이태석 신부에 대한 기억을 되살릴 수 있는 방법이 무엇일까 많은 고민을 했다. 자신들과 함께 지내던 모습을 보여 주는 방법밖에 없다고 생각했다. 브라스밴드를 지도하고 환자를 치료해 주는 화면을 준비했고 암 투병 모습과 장례식 화면을 담아 반응을 살펴보기로 했다. 그리고 특별히 이태석 신부가 생전에 가장 큰 관심을 가졌던 한센인에게는 그들이 받았을 충격을 조금이라도 위로하고자 이 신부의 사진을 복사해 전달하기로 했다. 이제 모든 준비가 끝났다.

형 이태영 신부에게 동행할 생각이 있는지 물어봤다. 동생이 그동안 어떤 삶을 살았는지 꼭 보고 싶다며 같이 가겠다고 했다. 그런데 출발 하루 전, 이태영 신부로부터 급하게 연락이 왔다. 어머니께서 너마저 잃고 싶지 않다며 만류를 해, 갈 수 없을 것 같다는 것이다. 수단 이야기가 나오자 어머니께서 민감하게 반응을 보이신 것 같았다. 이태영 신부는 확대한 60장의 동생 사진을 건네며 주민들에게 유가족의 인사를 전해달라고 했다.

2010년 2월 19일, 수단으로 떠나는 날이다. 톤즈로 가는 방법은

두 가지이다. 지금은 북수단의 수도가 된 카르툼을 거치는 방법이 하나이다. 그러나 외국 언론사의 카메라 반입을 철저하게 통제하고 있어 이 방법은 적합지 않았다. 또 하나의 방법은 중동의 허브 공항인 아랍에미리트의 두바이공항을 거쳐 나이로비에 도착한 후, 현지 항공을 이용해 남수단으로 들어가는 방법이다. 이태석 신부가 이용한 통로이기도 했다.그러나 수단이 전시 상태이고 초행길이어서 고민이 됐다.

출발 당일 현지에서 다급한 연락이 왔다. 톤즈로 가는 길목에 있는 쉬벳이라는 곳에서 정부군과 주민들이 총격전을 벌이고 있다는 것이다.

먼저 항공편 예약을 취소하고 시시각각 현지와 연락을 취했다. 그러나 상황은 나아지지 않았다. 다음 날 아침에는 톤즈에서도 총격전이 발생해 수십 명의 주민이 죽었다는 이야기가 들려왔다. 그 순간 무조건 가야 한다는 생각이 들었다. 이태석 신부가 8년 동안 있었던 그곳이 얼마나 위험한 곳인지를 보여 줄 수 있는 기회라고 생각했기 때문이다. 그래서 남수단 인접국인 케냐 나이로비로 가서 들어갈 수 있는 방법을 찾아보기로 했다. 하늘이 도운 듯 남수단 수도 주바에서 유엔식량기구 소속의 항공기를 이용해 톤즈 서쪽 와우를 거쳐 차량으로 이동하면 가능하다는 것이다.

케냐 수도 나이로비로 향했다. 솔직히 아프리카 대륙을 사전 약속 없이 가는 것이 무모하다는 것은 알지만 유일한 방법이어서 어쩔 수 없었다. 현지 도착 후 나이로비에서 수단으로 들어갈 수 있는 방법을 수소문했다. 입국비자를 받는 것은 불가능해 나이로비에 있는 룸벡교구청 연락사무소를 찾아갔다. 상황을 설명하고 도움을 청하자 가톨릭 교리교사 신분증과 유엔 항공기 탑승 예약증을 전해주었다. 그분도 걱정이 됐던지 대단히 위험하니 조심하라는 말을 여러 차례 반복했다.

이제 내일이면 수단에 간다고 생각하니 쉽게 잠이 오지 않았다. 이태석 신부의 흔적을 만난다는 기대감과 위험한 일을 당할지도 모른다는 불안감 때문에 새벽이 돼서야 잠이 들었다. 그런데 이상한 꿈을 꾸었다. 이태석 신부를 만나 인터뷰를 하고 있었다. 의사를 그만둔 이야기, 어머니 이야기, 수단에는 왜 왔는지를 물었다. 이태석 신부는 활짝 웃는 얼굴로 대답을 해주었다. 인터뷰가 끝나고 이 신부와 악수를 했다. 그리고 잠이 깼다.

너무나 생생했다. '수단에 들어가는 날, 왜 꿈에 나타난 거지. 너무나 걱정을 해서 나타난 걸까?' 눈을 뜨고도 한참 동안 움직이지 못했다. 돌아가신 분이 꿈에서 밝은 모습으로 보이면 길몽이라는 어른들의 말씀이 떠올랐다. '그렇게 믿자. 아마도 일이 잘될 거야.' 모든 것을 긍정적으로 생각하기로 했다.

출발하기 전, 이 신부와 친분이 있는 교민들에게 꿈 이야기를 들려주었다. 5년 동안 신부님과 가까이 지냈는데 한 번도 꿈에서 뵙지 못했다며, 이번 취재를 많이 도와주려 선몽을 한 것 같다면서 축하해 주었다. 그 덕분일까. 대단히 위급한 상황에서 극적으로 벗어난 일이 있었다.

나이로비를 떠나 톤즈로 가기 전 남수단의 수도 주바에서 하루를 묵었다. 이름만 수도이지 우리나라로 따지면 읍 정도에 해당하는 조그마한 도시였다. 시내를 관통하는 왕복 2차선 도로만 포장이 되어 있었다. 당시 남수단은 총선을 앞두고 있었는데, 1년 후에 있을 분리 독립에 영향을 미치는 선거여서 국내외의 주목을 받고 있었다.

남수단의 정치 상황을 보여 줄 수 있다는 생각에 현지 신부님의 차를 얻어 타고 촬영을 시작했다. 꼭 보고 싶은 곳이 있었다. 의료 시설이다. 이곳의 병원 수준을 보면 이태석 신부가 세운 병원이 얼마나 중요한 역할을 해왔는지 알 수 있다는 생각 때문이었다. 주바에서 가장 큰 병원을 찾아갔다. 밖에서 보기에는 병실 건물이 여러 개 있어 제법 규모를 갖춘 것으로 보였다. 그런데 가까이 가보니 병실이 부족한 듯 환자와 가족들이 흙바닥에 누워 있었다. 모두 뼈가 앙상하게 드러날 정도로 말랐고 움직일 힘조차 없어 보였다. 자신들을 찍고 있는 카메라를 보고도 아무런 표정이 없었다.

가장 큰 도시도 이런데 시골 중에 시골인 톤즈에서는 어떠했을까 생각하니 이태석 신부의 존재를 새삼 느낄 수 있었다. 이때 전혀 예상치 못한 돌발 상황이 발생했다. 갑자기 흰색 차량 두 대가 나타나더니 선글라스를 낀 건장한 체구의 남자 셋이 내려 다짜고짜 카메라를 뺏으려고 했다. 그들의 요구를 거부하자 취재 비자가 있느냐며 소리를 질렀다. 아무런 대답을 하지 않자 북쪽의 스파이라며 여권을 달라고 했다. 한국 영사관도 없는 남수단에서 여권을 빼앗기면 안 된다는 생각에 힘겹게 버텼다. 그들은 정보기관 사람들이었다.

안내를 담당한 신부가 달려와 자신들이 초청했다고 설명했지만 막무가내였다. 또 한 대의 차량이 오더니 타라고 했다. 자칫 이번 취재가 제대로 시작도 못 하고 끝날 수 있다는 생각이 들었다. 기가 막힐 뿐이었다. 그런데 선몽 덕분일까. 안내를 맡은 신부가 어디론가 전화를 하고 또 그들과 이야기를 나누었다. 신부들이 책임을 져야 한다는 경고와 함께 또다시 촬영을 하다 붙잡히면 가만두지 않겠다며 당장 떠나라고 했다. 위기를 극적으로 벗어나는 순간이었다. 다행이었다.

마을 성당 운동장

유엔 비행기가 남수단 와우에 착륙한다는 남자 승무원의 멘트가 들렸다. 그런데 창밖을 내다보는 순간 "아!"하는 소리와 함께 눈을 의심했다. 아스팔트가 아니었다. 활주로는 황토를 다져 만든 흙길이었다. 착륙하다 잘못되면 어떡할까 불안한 마음이 들었다. 그러나 그것을 신경 쓰는 사람은 아무도 없었다. 비행기가 착륙하자 공항은 붉은 먼지로 뒤덮였다.

아프리카에 왔다는 실감이 나기 시작했다. 공항 청사도 없고, 승객들은 짐을 알아서 찾아가야 했다. 와우는 톤즈 서쪽에 있는 도시로 웨스트 바르 알 가잘 주의 주도이다. 와우는 북수단과 남수단이 내전에서 번갈아 점령했을 만큼 치열했던 최대의 격전지였다. 평화협정이 체결된 후, 남수 단에 남았지만 북쪽을 지지하는 이슬람 세력이 건재해 분위기가 살벌했다. 길거리에서 촬영을 하는 것은 절대 불가였고 차를 타고 촬영하는 것도 위험하다며 안내인은 연신 카메라를 내리라고 소리쳤다.

와우에서 톤즈까지는 차로 4시간이 걸린다. 흙을 다져 만든 도로는 엉망이었다. 비가 온 도로 위를 짐이 가득한 큰 트럭이 달리니 도로 곳곳이 움푹 패여버렸다. 차가 위아래는 물론 옆으로까지 심하게 흔들려 허리가 끊어질 지경이었다. 그러나 이곳 운전자들은 예전과 비교할 수 없을 정도 로 좋아진 고속도로라고 했다.

톤즈로 가는 길에는 여러 개의 검문소가 있었다. 시야 확보를 위해 불을 지른 탓에 도로 옆 숲에는 연기가 자욱했다. 가끔 비상등을 켜고 빠르게 달려오는 트럭에는 총을 든 군인들이 타고 있었다. 톤즈에 가까이 오자 이번에는 수십 명의 사람들이 모여 장례를 치르는 모습이 보였다. 사연을 물었다. 옆 마을에서 소를 훔쳐가 싸움이 벌어졌는데, 그 와중에 총을 맞아 죽었다고 했다.

우리의 상식으로는 이해할 수 없는 일이다. 하지만 이 나라에서는 소가 재산목록 1호이다. 신부를 얻으려면 남자는 여자 부모에게 수십 마리의 소를 보내야 한다. 신랑의 지참금인 셈이다. 이런 풍습 때문에 소를 둘러싼 분쟁이 끊이질 않는다. 죽은 사람도 전날 자신의 소를 훔쳐 간 사람을 찾아가 돌려달라고 했다가 총에 맞아 죽었다. 보복은 또 다른 보복을 불러왔다. 이 과정에서 20명이 희생됐다.

사람들 손에 쇳조각을 날카롭게 깎은 무기가 들려 있다. 장례식이 끝나면 원수를 갚으러 톤즈로 간다고 했다. 카메라가 보이자 사람들이 몰려들었다. 많은 분쟁지역을 다녀보았지만 이런 살벌함을 느껴본 적은 없었다. 도망치듯 자리를 떠났다.

그토록 보고 싶었던 톤즈에 들어섰다. 서울을 떠난 지 2박 3일 만의 일이다. 이태석 신부는 톤즈를 처음 찾아갔을 때를 이렇게 기억했다.

1999년 여름, 전쟁 중이던 이곳을 처음 찾아왔을 때, 많은 것들이 나에게는 충격이었다. 하루 한 끼도 제대로 먹지 못해 뼈만 앙상히 남아 있는 사람들, 전쟁으로 인해 부서진 건물과 수족이 없는 장애인들, 거리를 누비는 헐벗은 사람들, 한 동이의 물을 얻기 위해 몇 시간을 걸어야만 하는 아낙네들, 학교가 없어 하루 종일 빈둥거리는 아이들을 보면서 전기에 감전된 듯한 충격으로 며칠을 멍하게 지냈다.

– 이태석 신부

검문소를 통과하자 이태석 신부가 의약품을 받기 위해 기다리던 활주로가 보였다. 반대쪽에는 1년 전 정부 관료를 태우고 이륙하다 추락한 민간항공기가 땅에 앞부분을 처박은 채 방치돼 있다. 항공기 추락 이후, 톤즈 공항은 폐쇄됐다. 톤즈 중심가로 들어서자 2차선의 비포장도로를 중심으로 서 있는 상점들이 보였다. 영어로 호

† 톤즈공항 비포장 활주로 모습.

† 와우에서 톤즈로 가는 도로.

✝ 톤즈 마을 초기 병원.

텔이라고 쓴 글자도 눈에 들어왔다.

차에서 내려 촬영을 하려고 하자 운전사가 위험하다며 내리지 못하게 했다. 며칠 전 벌어진 총격전 때문에 안전을 책임질 수 없다는 것이다. 하는 수 없이 차를 타고 큰 골목길로 들어섰다. 반가운 팻말이 보였다. 바로 옆에는 진료를 하고 있는 이태석 신부의 사진이 있었다. '아! 이곳이 신부님이 있던 곳이구나.' 갑자기 흥분이 됐다. 낮은 담으로 둘러싼 철문이 열리자 넓은 운동장이 보였다. 안쪽에는 숙소와 창고로 보이는 건물, 그리고 공사 장비와 낡은 트럭들이 있었다.

경적을 울리자 키가 큰 아이들이 뛰어와 뒷문을 열고 짐을 내렸다. 아이들은 우리가 누군지 알고 있는 듯 싱글싱글 웃었다. 악수를 청하자 반가운 듯 여러 명이 동시에 손을 내밀었다.

이태석 신부가 지은 병원과 건물에 왔다. 우리에게 배정된 방은 병원 맞은편에 있는 숙소였다. 4개의 방 가운데 2개가 배정됐다. 짐을 풀고 밖을 보니 20여 명의 아이들이 1시간 넘도록 우리를 쳐다보고 있었다. 마을을 돌아보기 위해 차를 타자 그곳까지 따라와 쳐다봤다. 안쓰러운 마음에 타라고 손짓을 하자 신이 난 듯 차로 뛰어올랐다. 무슨 말인지는 모르겠지만 신이 나 떠든다는 것은 알 수 있었다. 동네 아이들이 몰려오면 알아서 정리를 다 해주었다. 고마운 마음에 생수 한 병을 건넸지만 고맙다는 인사만 할 뿐, 받지 않았다.

솔직히 처음에는 아이들의 친절을 경계했다. 그러나 그것이 얼마나 부끄러운 행동이었는지 금방 알게 되었다. 저녁까지 따라다니던 제임스가 여기에 있는 아이들 모두가 이태석 신부님 때문에 온 것을 안다며 꼭 보여 줄 곳이 있다고 어디론가 데려갔다. 제임스는 톤즈 고등학교 3학년 학생으로 이태석 신부가 떠난 후 브라스밴드를 이끌고 있는 맏형이다.

제임스와 함께 걸어 도착한 곳은 마을 성당 운동장이었다. 날이 어두워질 시간이었지만 그곳에는 수백 명의 사람들이 모여 있었다. 누구냐고 물어보자 조금 있으면 안다고 했다. 잠시 후, 성당 입구 계단으로 조그마한 키에 하얀색 와이셔츠를 입은 남녀학생 5명이 피리를 들고나와 단정히 인사를 했다. 초등학생과 중학생이라고 했다. 아이들이 연주 준비를 마치자 스피커에서 뜻밖의 소리가 들렸다.

"쫄리 신부님을 위해 이곳까지 오신 한국방송 선생님께 감사의 인사를 드리며 환영의 의미로 노래를 불러드리겠습니다."

모여 있던 주민들의 박수 소리와 함께 피리 연주가 시작되었다. 순간 귀를 의심케 하는 일이 벌어졌다. 연주하는 노래가 바로 「사랑해 당신을」이었다. '아이들이 저 노래를 어떻게 알고 있는 거지?' 마음속에 의문부호가 생기던 그때, 더욱 놀라운 광경이 눈앞에 펼쳐졌다. 연주에 맞춰 아이들이 몸을 흔들며 한국말로 노래를 부르는 것이었다. 전혀 예상치 못한 상황이었다. 무슨 표현도 할 수 없었고 어떤 생각도 나지 않았다.

　세상에서 가장 가난하고 위험한 아프리카에서 한국노래를 한국 말로 듣는다는 것을 어느 누가 상상이나 할 수 있으랴. 감동이 몰려 왔다. 눈물이 나오려고 했다. 이태석 신부가 더욱 보고 싶어졌다. 나 도 모르게 소리 내어 함께 노래를 불렀다. 고향의 포근함이 느껴졌 다. 비록 이곳까지 오는 길은 험난했지만 이곳에서 나는 다시 느낄 수 없는 감동을 맛보고 있었다. 노래가 끝나자 마을 사람들이 다가 와 손을 내밀며 인사를 했다. 코흘리개 아이들이 손을 내밀었다. 아 기를 안고 있는 아버지도 몸이 불편한 할머니도 웃으며 손을 잡아 주었다. 톤즈의 밤이 깊었다. 전깃불이 없어 컴컴했지만 아이들은 돌아가지 않고 숙소 주변 여기저기에 모여 있었다. 제임스를 불러 이유를 물어보니 웃으며 이렇게 대답했다.

"선생님을 보고 쫄리 신부님이 돌아오셨다고 난리입니다."

　아! 이것이 이태석 신부가 톤즈에 뿌려놓은 사랑의 씨앗이었다.

마지막 부탁

아프리카 수단을 비롯해 주변 국가를 방문하기 위해서는 황열 주사와 말라리아 약 처방을 반드시 받아야 한다. 예방접종 카드가 없으면 현지 공항에서 입국을 거부하기 때문에 낭패를 당한다. 취재를 갔다가 사망하거나 고생한 사례를 익히 알고 있는 터라 출발 2주 전에 서둘러 예방접종을 했다. 아프리카에서 가장 무서운 질병은 말라리아이다. 말라리아는 사망 원인 중 1위를 차지할 만큼 공포의 대상이다. 말라리아는 학질모기에 의해 감염되는데, 신속한 처치를 하지 않으면 사망한다.

세계 보건당국에 따르면 매년 100만여 명이 말라리아로 생명을 잃는다. 아프리카는 말라리아모기의 서식지로 알려져 있다. 모기에 물리더라도 병에 걸리지 않으려면 입국 2주 전부터 약을 복용해야하고 한국에 돌아온 후에도 4주간 예방약을 계속 먹어야 한다. 그런데 이것이 장난이 아니었다. 약을 복용하자 오한, 두통, 구토 증세가 견딜 수 없을 정도로 심했다. 고통 때문에 차를 타고 다닐 수도 없었다. 모든 것을 하늘에 맡기기로 했다. 약을 먹지 않기로 한 것이다. 남은 약은 아이들에게 나눠줬다.

톤즈는 10월부터 이듬해 2월까지는 건기로 비가 오지 않지만 3월부터 8월까지의 우기 때는 비도 많고 날씨도 습해 모기가 극성을 부린다. 기온도 장난이 아니었다. 우리나라에서는 섭씨 30도만 넘어도 살인적인 더위라고 난리이지만 여기서 그 정도 기온이면 좋은 날씨에 속한다. 보통 한 낮의 기온이 무려 섭씨 50도를 오르내린다. 이태석 신부가 한 지인에게 보낸 편지이다.

상상을 초월하는 더위입니다. 조금 선선한 것 같아 온도계를 보니 섭씨 48도였습니다. 오늘은 섭씨 58도의 정말 무더운 날씨입니다. 땀띠 때문에 고생을 하지만 주님께서 주신 철인 같은 건강 덕분에 지독한 더위에 조금씩 적응해 가고 있습니다.

서 있기만 해도 땀이 비 오듯 쏟아지고, 검정색 와이셔츠에는 땀이 흐르자마자 말라 허옇게 줄무늬가 생겼다. 뙤약볕에 카메라 손잡이가 뜨거워져 수건으로 감싸지 않고는 잡을 수도 없었다. 지하

수가 심하게 오염돼 주는 물도 함부로 마실 수 없었다. 다행히 구멍가게에 생수가 있었다. 가게 주인은 우간다에서 사 오는데 사서 먹는 사람들이 없다고 했다. 톤즈에 있는 동안 1.5리터 생수를 달고 지냈다.

톤즈는 밤만 되면 18세기로 되돌아간다. 전기가 없어 암흑천지로 변하기 때문이다. 손전등이 없으면 걸어 다니기도 어렵다. 불빛이 없으니 하늘의 별빛은 유난히 밝다. 그동안 전 세계의 열악한 지역을 다녀봤지만, 이곳은 정말 최악이었다.

톤즈에 도착한 후 숙소 때문에 고민을 많이 했다. 서울을 떠나기 전, 톤즈 공동체로부터 외국 손님들이 와 있어 방을 내줄 수 없다는 연락을 받았기 때문이다. 톤즈에 있는 호텔도 알아봤지만 도저히 묵을 만한 시설이 아니었다. 특히 카메라 담당이 여성이어서 함부로 나가 잘 수도 없었다.

다행히 병원 맞은편 벽돌로 지은 숙소에서 지낼 수 있게 되었다. 그곳은 이태석 신부가 외부에서 오는 손님과 간호사들을 위해 지었다고 한다. 창문이 있는 방이 하나씩 배정됐다. 조그마한 공간에 철제 침대, 옷장, 지하수를 끌어올려 만든 수도, 수세식 변기가 있었다. 낡고 초라했지만 그래도 이곳에서는 특급호텔 수준이었다. 이태석 신부의 손길이 닿은 곳이라고 생각하니 감회가 새로웠다.

톤즈의 밤은 또 다른 전쟁의 시작이다. 살인적인 더위에 하루 종일 데워진 숙소의 문을 열면 뜨거운 열기가 훅하고 온몸을 감싼다.

말라리아모기와 벌레 때문에 창문도 마음대로 열지 못한다. 가만히 앉아 있어도 땀이 흘러내리니 마치 사우나에 온 기분이다. 하루 종일 땀으로 범벅이 된 몸을 씻기 위해 수도꼭지를 돌리자 뜨거운 물이 나왔다. 처음에는 온수인 줄 알았다. 물탱크에 담아놓은 지하수가 뜨거운 햇살과 50도가 넘는 기온에 데워진 것이다. 온도계로 재어보니 섭씨 33도, 대중목욕탕 온탕과 비슷했다. 수도를 계속 틀어놔 뜨거운 물을 빼면 괜찮지 않을까 생각도 했다. 그렇지만 물이 귀한 이곳에서 흥청망청 물을 쓸 수는 없었다. 뜨거운 물로 대충 씻는 수밖에 없었다.

잠자리에 들 시간, 이제부터가 진짜 전쟁이다. 말라리아모기 때문에 창문을 닫고 모기장도 쳤다. 모기약을 뿌리고 모기향도 피웠다. 냄새 때문에 고통스러웠지만 살려면 참아야 했다. 침대에 누워 이불도 덮었다. 모기에 물리지 않기 위해 2중, 3중의 장치를 했다. 눈을 붙인 지 30분이 지났을까. 도저히 잠을 잘 수 없었다. 눈을 떠보니 온몸이 땀으로 범벅이 되어 있었다. 침대 바닥도 흘러내린 땀으로 흥건했다. 언제쯤 날이 샐까 연신 시계를 들여다보지만 밖은 깜깜하기만 했다. 하루를 버티는 것이 너무나 힘들었다. 그러나 이태석 신부는 8년 동안 이곳에서 지냈다. 아무런 내색을 할 수 없었다.

새벽에 간신히 잠이 들었다. 그런데 두꺼비가 요란하게 울기 시작했다. 손으로 귀를 막고 버텨보았지만 30분이 지나도 그치지 않았다. 우는 곳을 찾으려고 손전등을 켜는 순간 베개 바로 옆에 주먹만

한 두꺼비가 보였다. 너무나 놀랐다. 두꺼비는 밖에서 울고 있었던 것이 아니라 내 귀에 대고 목청을 높였던 것이다. 기가 막혔다. 잠자리에 들기 전, 분명히 아무것도 보이지 않았는데 언제 어디로 들어와 침대까지 올라온 것일까? 두꺼비는 불빛과 인기척에도 움직이지 않았다. 정말 이게 무슨 일인지 하는 생각이 들었다. 그러나 곧 예로부터 두꺼비는 집을 지키고 재복의 상징으로 여겨진다는 속설이 생각났다. 순간 두꺼비가 신부님이라는 생각이 들었다. 두꺼비의 울음소리가 톤즈를 지켜달라는 신부님의 마지막 부탁처럼 느껴졌다. 두꺼비를 빈 양동이에 담아 건물 뒤에 놓아주었다. 그 후 두꺼비의 울음소리는 들리지 않았다. 죽어서도 톤즈를 위하는 신부님의 사랑이라고 생각했다.

다리를 저는 아이

톤즈의 유일한 병원. 이곳엔 이태석 신부의 사랑이 남아 있다. 그러나 주인이 떠난 빈자리엔 적막감만 흐를 뿐이다. 진료실과 병실엔 자물쇠가 채워져 있다. 문틈 사이로 여기저기 흩어져 있는 침대가 보였다. 산부인과 환자들을 위해 자비로 구입한 초음파 기계에도 먼지가 뽀얗게 쌓여 있다. 병원은 3년 전만 해도 아침마다 100여 명의 환자들로 북적이던 곳이다. 병원은 톤즈뿐 아니라 이 일대의 생명줄이었다.

날이 밝자 마당을 쓰는 소리가 여기저기에서 들려왔다. 아이들이 병원 주위를 깨끗이 치우고 있었다. 주인도 없고 찾아오는 사람도 없는데 왜 청소를 하느냐고 물었다. 이곳은 신부님의 모든 것이 남아 있는 곳이고, 지금은 세상을 떠나셨지만 마음속에는 항상 살아 계시기 때문에 병원을 지키고 싶다고 했다. 아침부터 충격을 받았다. 아이들에게 이태석 신부가 어떤 존재인지를 새삼 깨달았다.

톤즈 공동체에 부탁해 진료실 안으로 들어갔다. 진료할 때 쓰던 책상, 진료 기록과 청진기를 넣어둔 캐비닛, 진료 침대, 백신을 보관하던 냉장고. 모든 것이 그대로 있었다. 다만 한 사람이 없었다. 캐비닛에 붙여놓은 이태석 신부의 사진만이 이 방의 주인이 누구였는지 말해주고 있었다.

한글이 적혀 있는 빛바랜 노트를 꺼냈다. 족히 스무 권은 돼 보였다. 노트를 펴자 환자의 진료 기록이 빼곡히 적혀 있다. 이 신부가 쓰던 의자에 잠시 앉아보았다. 그는 어떤 마음으로 환자들을 맞이했을까?

"환자가 진료실에 들어오면 한 1~2분 정도는 아무 말 하지 않고 환자의 눈만 보는 습관이 있습니다. 눈을 통해 서로의 신뢰를 얻을 수 있기 때문입니다. 의사와 환자의 만남은 단순히 의사와 환자의 만남이기 이전에 인간과 인간이 만나는 진실된 순간이라고 생각합니다. 그 만남은 영혼과 영혼이 만나는 그런 고귀한 순간이기도 합니다. 매일 병실에서 이루어지는 환자들과의 만남은 질병 치료를 위한 단순한 만남이 아닌, 인간의 영혼과 영혼이 만나는 고귀한 만남입니다."

– 2009년 '한미자랑스러운의사상' 수상자 소감 中

톤즈 병원 맞은편에는 일반인들의 출입이 제한되는 집 한 채가 있다. 결핵 환자 격리병동이었다. 결핵은 환자의 가래, 대소변, 음식 섭취를 통해 전염된다. 때문에 접촉이 많은 가족들은 위험할 수 있다. 결핵은 격리 치료를 해야 하지만 톤즈의 현실에서는 상상할 수 없는 일이었다. 전염이 급속도로 확산되면서 사람들이 죽어갔다. 그 건물은 이태석 신부가 지은 격리병동이었다. 결핵병동을 지은 데에는 중요한 이유가 있었다. 딩카족은 유난히도 가족과 떨어져 있는 것을 싫어한다. 이것을 알고 있는 이 신부는 가족과 환자가 조금이라도 가깝게 지낼 수 있도록 세심한 배려를 했다.

동쪽 하늘에 해가 올랐다. 새소리와 닭 울음소리가 사람들을 깨웠다. 마당에는 매트리스와 간이 텐트가 즐비하다. 이곳에서 먹고 자는 환자 가족이었다. 입원 중인 부인을 간호하고 있는 남성에게 병동을 지어준 사람이 누구냐고 물어보았다. 그는 지금 비록 우리 곁에는 안 계시지만 그분 덕분에 같이 지낼 수 있어 항상 감사한 마음을 갖고 있다고 말했다.

이 신부는 매주 수요일이면 병원에 오지 못하는 마을로 이동 진료를 나갔다. 비포장도로는 그나마 나은 편이다. 길이 없는 곳도 많다. 마을에 차 소리가 들리면 사람들이 몰려들었다. 아파서 모이고, 구경하려 모이고, 개인적인 고민과 동네 민원을 이야기하고 싶어 모였다. 아무도 찾아오지 않는 이곳에서 이동진료소는 아이들의 놀이터였다. 이 신부는 그런 아이들에게 사탕도 나눠주고 노래도 가르쳐주었다.

"일주일 전에 마당 한구석에서 다섯 살 남짓한 꼬마 아이가 혼자서 서럽게 울고 있기에 이유를 물어보니 염증과 고름으로 인해 퉁퉁 부은 손을 내밀어 보이면서 계속 울었습니다. 치료실로 데려가서 상처를 소독하고 붕대로 감은 뒤, 약을 주어 보냈습니다. 그리고 손잡이가 달린 왕사탕도 하나 아프지 않은 손에다 쥐어주었습니다. 그 이후로 그 아이와 친한 친구가 되었습니다. 제가 그 마당을 지나갈 때마다 어디서 나타나는지 잽싸게 달려와서 미소 띤 얼굴로 아팠던 손을 내밀어 보입니다. 정말 행복한 순간입니다."

– 이태석 신부

톤즈 공동체 한쪽에 여러 대의 차가 서 있었다. 이 가운데 한 대는 오랫동안 운행을 하지 않은 듯 폐차처럼 방치되어 있었다. 안에는 먼지가 수북했다. 구급 장비를 보관하던 상자만이 앰뷸런스였음을 보여줄 뿐이었다. 이 신부는 이 차를 타고 마을 곳곳을 다니며 사랑을 전했다. 신부가 떠난 후 다른 사람이 운전하다 사고를 당한 후부터 세워놨다고 했다. 그래도 톤즈 사람들에게 기쁨과 희망을 전해주던 차인데, 마음이 아팠다.

물을 길어와 차의 먼지를 닦아냈다. 그 모습을 지켜보던 아이들도 걸레를 들고 와 함께 청소를 했다. 세차를 끝내고 차의 시동을 걸었다. 차가 움직였다. 아이들에게 손짓을 하자 소리를 지르며 뒷문을 열고 올라탔다. 2년 전으로 되돌아간 듯 너무나 좋아했다. 이태석 신부는 환자를 치료하기보다 아픈 마음을 위로해 주는 의사였다.

이태석 신부가 환자를 치료한다는 소문은 삽시간에 퍼져나갔다. 자정 무렵 누군가 병원 문을 두드리자 이태석 신부가 쫓아 나갔다. 다리를 저는 아이와 아버지가 서 있었다. 치료를 하던 이 신부가 당혹스러운 표정을 짓더니 음식을 가져와 먹였다. 5일 동안 100킬로미터를 걸어왔다는 이야기를 들었기 때문이다. 아이와 아버지는 5일 동안 아무것도 먹지 못했던 것이다.

톤즈 병원은 규모로 보면 시골의 조그마한 의원 수준이었지만 진료 과목은 종합병원이었다. 내과, 외과, 소아과, 안과 여기에 산부인과까지. 그러나 의사는 1명이다. 가톨릭 국가인 남수단에서 낙태는 불법이다. 가난에 찌든 이들에게 성교육은 관심 밖이다. 집집마다 아이들로 넘쳐난다. 톤즈에는 마을마다 애를 받아주는 산파가 있다. 분만을 하다 아기가 안 나오고 산모가 위험해지면 대나무를 뾰족하게 만들어 아기를 찌그러트린 후 꺼냈다. 이 방법으로 해결이 안 되면 톤즈 병원을 찾아왔다.

첫날, 진료소라고 준비된 흙과 대나무로 지은 세 칸짜리 움막으로 안내되었다. 눈앞이 캄캄했다. 입구는 허리를 90도 이상 굽혀야 하고 30초 정도는 기다려야 뭔가 보이기 시작하는 아주 어두운 곳이었다.

"사산한 산모가 하혈하며 실려 왔기에 혈압을 재려 노란 고무줄을 부탁하니, 그것도 없대. 이곳 사람들은 혈압이 60 이하인데도 정상이래."

– 2006년 「의협신문」에 보낸 편지 '의사가 의사에게' 中

아이를 받아본 경험이 없는 이 신부로서는 여간 난감한 일이 아니었다. 그래서 한국에 휴가를 나오면 부산에서 산부인과를 개업한 친구를 찾아가 응급처치와 치료 방법을 배웠다. 태아의 건강 상태를 확인하는 초음파 진단기도 자비를 들여 구입했다. 톤즈에 돌아가서는 여성들에게 산파 교육을 시켜 산모와 아기들의 생명을 지키도록 했다. 의사 이태석의 명성은 사람들의 입을 통해 멀리 퍼져나갔다. 군인들도 예외가 아니었다. 전투를 벌이다 총상을 입으면 아군 적군 할 것 없이 이 신부에게 찾아왔다. 그곳은 톤즈의 유일한 치료 시설이었기 때문이다. 2006년 톤즈를 방문했던 박진홍 신부는 직접 지켜본 이야기를 들려주었다.

"군인들이 되게 어려요. 한번은 창에 찔려 치료를 받고 있는데, 신부님이 항생제를 놓으며 약이 잘 퍼지도록 팔을 들고 흔들라고 하니까 시키는 대로 하는데, 꼭 벌을 서고 있는 것처럼 보여 웃음이 났습니다. 저런 애들이 서로 죽이겠다고 전쟁을 하고 있으니 말입니다. 한번은 싸우고 있는 양쪽 군인들이 치료를 받으러 왔어요. 그런데 이태

✝ 마을 여성들은 조산원 교육을 받고 임산부의 출산을 도왔다.

석 신부님 앞에서 망고를 까먹고 깔깔대며 웃고 그러는 겁니다. 신부님 앞에만 서면 완전히 어린양이 돼버리는 거죠. 만일 다른 곳이었다면 서로 죽이려고 했을 겁니다. 아무리 험악한 전사들도 신부님 앞에선 순한 양이 돼버리는 거죠."

톤즈 취재 과정에서도 이 신부의 명성 때문에 위기를 벗어난 적이 있다. 추락한 항공기를 취재할 때였다. 촬영을 하는데 군인들이 달려와 막사로 끌고 가려 했다. 장교로 보이는 사람이 누구의 허락을 받고 찍느냐며 촬영 허가서를 내놓으라고 했다. 설마 톤즈에서 이런 일을 당하리라고 생각지 않았기 때문에 당황스러웠다.

정공법으로 대응하기로 하고 이태석 신부의 이야기를 찍으러 왔다고 솔직하게 밝혔다. 장교의 얼굴이 조금 전과 다르게 부드러워졌다. 이태석 신부와 관련된 것만 찍고 가라는 것이다. 어떻게 이 신부를 아는지 물어보자 전쟁 때 자신들을 치료해 준 고마운 분이라고 했다. 이태석 신부가 있는 곳은 평화의 나라였다. 이태석의 사랑은 절대적인 사랑이었다. 아픈 자식을 살리려고 애를 쓰는 부모의 사랑과 같은 것이었다. 톤즈 사람들 모두가 그것을 알고 있었다.

병원 마당에 40~50대 중년여성들이 서성거리다 돌아가는 모습이 보였다. 처음에는 동네 사람이거니 관심을 갖지 않았는데 진료도 하지 않는 병원에 왜 사람들이 매일 같이 오는지 궁금했다. 톤즈에서 3일째 되던 날 오후, 환자 대기실에 몸집이 큰 여성 두 명이 아무 말 없이 서 있었다. 소형 카메라를 들고 다가가자 신발을 던지려는 행동과 함께 딩카어로 소리를 질렀다. 직감적으로 무슨 사연이 있는가 싶어 카메라를 계속 돌리고 통역을 불렀다. 한국에서 신부님 때문에 왔다고 하자 여성들은 울면서 이렇게 말했다.

"신부님은 할 일이 많은데, 하느님은 우리들을 데려가지 왜 신부님을 데려갔습니까?"

신부님이 없는데 왜 오느냐고 묻자 이곳에 오면 신부님이 있을 것 같아서 온다고 했다. 두 여인은 매일 같이 두 손을 모으고 하늘나라에 있는 신부님의 행복을 위해 기도한다고 했다. 사람은 떠났지만 그 사람이 남긴 사랑은 톤즈 사람들의 마음에 영원히 남아 있었다.

박진홍 신부가 이 신부의 임종 하루 전, 마지막 의식이 있던 순간을 이야기하며 톤즈 병원에서 찍은 사진 한 장을 보여주었다. 상태가 심각한 말라리아 환자였다. 몸은 뼈가 드러날 정도로 앙상하고 눈동자는 황달 때문에 노란색이 되었다. 박 신부에게 사진을 보여주는 이유를 물었다. 박 신부는 이태석 신부의 마지막 모습이 그 환자와 너무 닮았다고 했다.

"말라리아도 여러 종류가 있는데 신부님이 못 고치는 종류가 있대요. 결국 환자가 돌아가셨어요. 신부님이 너무나 허탈해했어요. 조금만 일찍 왔으면 살릴 수 있었는데 하면서. 신부님이 선종하기 전날 뵈었는데 깜짝 놀랐어요. 비쩍 마른 몸에 얼굴은 새까매지고 암이 간까지 퍼지니까 황달이 와서 눈이 노란색으로 변해 있었습니다. 숨 쉬는 모습도 똑같았어요. 태석이 형은 임종 전에 톤즈 사람이 되었다는 생각이 들었어요. 그리고 그 환자를 예수님이라 생각하며 치료하셨을 텐데, 세상을 떠나시기 전에 자신의 얼굴이 그 예수님의 얼굴로 변해 있었다는 생각이 들었어요."

† '톤즈의 유일한 앰불런스' 이동진료에 사용했다.

90

무엇이든 할 수 있다는 용기

남수단 수도 주바에 취재진이 왔다는 소식을 듣고 한 외국인 신부가 18시간이나 버스를 타고 달려왔다. 이태석 신부와 아주 특별한 사연이 있는 인도 출신의 제임스 신부이다. 그는 이태석 신부와 함께 톤즈에서 전쟁 때문에 고통받는 사람들을 위로하고 학교를 세워 교육을 시켰다. 제임스 신부는 선종 소식을 듣고 가보지 못해 마음이 아팠는데, 당신을 보니 이 신부를 만난 것 같다며 두 팔로 나를 꼭 끌어안았다. 이 신부의 투병 모습과 장례미사 화면을 보여주었다. 두 눈에 눈물이 비쳤다. 한참 동안 말이 없던 제임스 신부가 자신 때문에 이런 슬픈 일이 일어났다며 이 신부와의 인연을 들려주었다.

이태석 신부는 신학생 때인 1999년, 가장 힘들고 비참한 지역을 찾아보겠다며 아프리카 케냐로 갔다. 당시 남수단은 전쟁과 전염병으로 수많은 사람이 죽어갔지만 의료 시설 하나 없는 최악의 상황이었다. 제임스 신부는 의대 출신 신학생이 왔다는 소식을 듣고 나이로비 수도원으로 달려갔다. 그는 이태석 신부에게 남수단의 처참한 현실을 설명하고 도움을 청했다. 이 신부는 대뜸 한센병 환자 수용소가 있느냐고 물어보며, 그들을 위해 무엇이라도 하고 싶다고 했다. 제임스 신부는 이태석 신부를 톤즈에 있는 한센인 마을로 데려갔다. 쓰러져 가는 움막, 터진 고름에서 진동하는 악취, 성치 않은 손과 발, 더욱이 신경이 마비돼 아픈 것도 뜨거운 것도 느끼지 못하는 사람들의 온몸은 그야말로 상처투성이였다. 이태석 신부는 처음 수단에 갔을 때 전기에 감전된 것처럼 충격으로 며칠을 멍하게 지냈다고 고백하기도 했다. 제임스 신부는 당시를 이렇게 회상했다.

"처음에는 다른 지역을 이야기했지만 꼭 그곳을 보고 싶다고 해서 안내를 했습니다. 신부님이 마을을 돌아본 후 의사로서 다른 어느 곳보다 많은 일을 할 수 있을 것 같다며 1년 후 꼭 톤즈로 돌아오겠다고 약속했어요. 그러나 그 약속을 믿지 않았습니다. 워낙 가난한 지역인데다 한센병 전염에 대한 두려움을 저 역시 가지고 있었기 때문입니다."

– 2010년 제임스 신부 인터뷰 中

† 이태석신부를 톤즈에 머물도록 부탁한 제임스 신부.

제임스 신부는 이태석 신부가 오지 않을 것이라 생각했다. 그러나 이태석 신부는 약속을 지켰다. 제임스 신부는 이 신부가 돌아왔을 때 가족을 만난 것처럼 반가워했다. 제임스 신부는 이태석 신부를 보고 무엇이든 할 수 있다는 용기를 갖게 되었다고 말한다. 두 사람은 역할을 분담했다. 이 신부는 의료 부분에만 전념하고 나머지는 제임스 신부가 맡았다. 포탄과 총탄이 쏟아지는 현장에서 늘 함께 다녔다. 아무도 그들을 막지 않았다. 자신들을 치료해 주러 온 고마운 사람이라는 것을 모두가 알고 있었기 때문이다.

"누구도 건드리지 않았어요. 우리가 가톨릭 신부였지만 이슬람교를 믿는 사람들도 반가워했어요. 그때는 두려운 것이 없었어요. 한번은 병원에서 나와 어느 마을을 가는데 가까이에 폭탄이 16개가 떨어졌어요. 비명이 들리고 엉망이었죠. 그래서 신부님께 전화했더니 바로 달려오셨어요. 신부님은 항상 준비하고 있는 의사였습니다."
- 2010년 제임스 신부 인터뷰 中

한센인에 대한 이태석 신부의 사랑은 각별했다. 마음의 상처를 위로하기 위해 집도 지어주고 농사를 지을 수 있는 땅도 마련해주었다. 틈만 나면 마을을 찾아가 치료도 해주고 이야기를 나누며 친구가 되어주려 했다.

생전에 찍은 화면 가운데 충격으로 다가온 장면이 있다. 한센병 환자를 맨손으로 치료하는 모습이다. 전염의 위험성을 누구보다도 잘 알고 있을 의사가 왜 장갑을 끼지 않고 치료했을까? 화면을 보면서 곰곰이 생각했다. '그는 어떤 마음이었을까?' 하와이 몰로카이섬에서 한센인을 돌보다 선종한 다미안 신부가 생각났다.

이태석 신부와 다미안 신부는 여러 면에서 많이 닮았다. 다미안 신부 역시 누나 두 명이 수녀이고 형은 신부였을 만큼 신앙심이 깊은 집안에서 태어났다. 형의 영향을 받아 사제가 된 다미안 신부는 하와이에서 선교활동을 하다 인근 몰로카이섬으로 쫓겨온 한센인들의 비참한 생활을 보고 그곳에 정착했다. 그곳에는 삶의 희망이 없었다. 굶어 죽는 사람보다 병들어 죽는 사람이 더 많았다. 다미안 신부는 그들에게 집을 지어주고, 고통을 함께하며 그들을 위로했다. 그리고 자신도 그 병에 걸렸다. 다미안 신부가 한센병 진단을 받은 후 이런 말을 했다고 한다.

"이곳 사람들을 그리스도에게 다가가게 하기 위해 한센병 환자가 됐습니다. 앞으로는 '교우'라는 말 대신 '우리'라고 하겠습니다."

맨손으로 환자를 치료하는 이태석 신부도 같은 마음이 아니었을까 하는 생각이 들었다. 톤즈의 한센인을 빨리 만나보고 싶었다. 그들도 신부의 선종 소식을 알고 있었다. 그들은 세상에서 유일하게 자신들을 지켜준 사람을 어떻게 기억하고 있을까?

✝ 보다 큰 하느님의 영광을 위하여

구수환 이사장님.

영상가들은 즐겁게 사는 것과 기쁘게 사는 것을 권합니다.
자기를 위하면 즐거운 것이고, 모두를 위하면 기쁜 것입니다.
자기를 사랑해서 하는 일은 즐거움을 주고, 남을 위해서
하는 일은 기쁨을 줍니다. 결정적인 차이는 즐거움이 오래가면
없던 병이 생겨나고, 기쁨이 오래가면 있던 병도 사라집니다.
이태석 신부님을 통해 기쁨을 알려 주고 계신 이사장님에게
하느님의 축복이 가득하기를 빕니다.

2022. 12. 4

✝ 지방의 성당 주임신부께서 보내온 편지. 후원금 100만 원 기탁.

지프차로 비포장도로를 30분 정도 달리자 도로조차 없어졌다. 갈대숲을 헤치고 15분 정도 더 가자 드문드문 집들이 보이더니 여러 채의 건물이 있는 마을이 나타났다. 경적을 울렸다. 집에서 사람들이 나왔다. 그런데 다른 마을과 다른 이상한 광경이 목격되었다. 어른들이 걸어 나오는데, 앞선 어린아이가 쥐고 있는 막대기를 붙잡고 한 발 한 발 걸음을 떼는 것이었다. 다가가 보니 앞이 보이지 않는 시각장애인이었다. 왜 이런 사람들이 많은지 묻자 신부님이 떠난 후 치료를 받지 못하자 병이 악화돼 실명을 했다고 한다.

마을 정자 밑에 50여 명의 주민들이 모였다. 손과 발은 물론 다리도 성한 사람이 없다. 앉아 있는 것조차 힘들어 보였다. 갑자기 한 사람이 땅바닥에 쓰러져 발작 증세를 보였다. 간질병 환자였다. 그러나 쳐다보거나 도와주는 사람은 아무도 없었다.

그곳까지 안내해 준 현지 신부님이 한국에서 온 분들이라고 소개하자 박수를 치며 자신들을 찾아준 데 대해 감사의 마음을 전했다. 한국에서 형 이태영 신부가 전해달라고 한 이 신부의 사진을 꺼내 보여주었다. 여기저기서 "쫄리! 쫄리!"를 외치는 소리가 들리더니 갑자기 손뼉을 치며 노래를 불렀다. 생전에 이 신부가 마을을 방문할 때마다 감사의 노래를 부르며 환영했던 것처럼 말이다.

신부가 떠난 후 어떻게 살아가고 있는지 물어보았다. 아무도 찾아오지 않는다고 했다. 치료 약이 끊겨 약을 먹지 못해 몸이 아프다며 울상을 지었다. 그들의 삶은 10년 전으로 되돌아가 있었다. 한센인들은 이태석 신부를 아버지라고 불렀다. 할아버지나 어른, 아이 할 것 없이 모두 그렇게 불렀다. 왜 이런 반응을 보였을까? 톤즈의 한센인들은 세상에서 가장 가난한 수단에서도 버림받은 사람들이다. 자기 목숨 하나 감당하기 어려운 전쟁터에서 그들에게 관심 가져줄 사람이 누가 있겠는가? 그런데 어느 날 누군가 와서 집을 지어주고 지하수를 끌어올려 수도도 놔주었다. 치료 약을 구해 고통과 아픔을 없애주었다. 이뿐만이 아니다. 스스로 살아가는 방법도 알려주었다.

불구의 정도가 심하지 않아 어느 정도 노동이 가능한 환우들도 많이 있는데 그들에게 일거리를 제공해 주는 것도 중요한 일입니다. 마을 근처에 있는 버려진 땅들에 나무를 베어내고 돌들을 치우고 트랙터로 일구고 우물도 파서 어느 정도 경작을 할 수 있는 평평한 땅으로 만들어 주었는데, 많은 환우들이 그곳에서 옥수수나 수수 그리고 땅콩 등을 재배하고 있습니다. 그리고 낚싯바늘이나 그물을 제공하여 환우들이 가까운 강에서 직접 물고기도 잡을 수 있게 하고 있습니다. 이러한 노동을 통해 이들의 삶이 좀 더 활기차고 능동적으로 변하고 있는 것을 많이 볼 수 있고, 스스로를 위해 무엇인가를 할 수 있다는 것에 많이 뿌듯해하고…….

– 이태석 신부 편지 中

그런 분을 이제는 영영 만날 수 없다. 얼마나 슬프고 답답하고 절망스러웠을까? 아버지라고 부르는 이유를 조금은 알 것 같았다. 그 마음을 위로하기 위해 이태석 신부의 사진을 나눠주었다. 아버지에 대한 예의일까, 아무도 한 손으로 받지 않았다. 무표정한 얼굴에 미소도 보였다. 손가락이 없는 뭉툭한 손으로 사진 속의 얼굴을 쓰다듬었다.

이태석 신부가 특별하게 기억하는 아순다라는 여인이 있다. 어느 날 임신을 한 그녀가 하혈을 심하게 해 병원에 실려 왔다. 아이는 유산이 됐고 생명마저 위태로운 상황이었지만 이 신부의 응급처치로 살 수 있었다. 그녀는 마을을 찾아온 이태석 신부에게 호박과 계란을 선물하며 감사의 인사를 했다.

모여 있는 사람들 틈에서 아순다가 보였다. 앞을 보지 못했다. 그녀에게 다가가 '쫄리 신부님'의 사진을 손에 쥐어주자 두 손을 모아 기도했다. 그리고 사진 속 얼굴에 천천히 입을 맞추었다. 여덟 번을 반복했다. 경건함이 느껴졌다. 너무나 편안한 모습이었다. 심장이 멎는 듯했다. 세상에서 이보다 더 아름다운 입맞춤이 있을까? 그녀가 자리에서 일어나 살고 있는 집으로 걸어갔다. 벽돌로 지어진 집이다. 이태석 신부 덕분에 집 안에서 불을 지펴 밥도 짓고 잠도 잔단다. 아순다가 창문을 더듬더듬하더니 사진을 올려놓고 두 손을 모아 기도했다. 그리고 이태석 신부에 대한 그리움을 이야기했다.

"쫄리 신부님 때문에 너무 슬퍼요. 밤에 잠에서 깨면 울고 싶어져요. 신부님을 생각하며 울고 기도하다가 다시 잠들어요. 너무 슬퍼요. 신부님처럼 우리를 도와줄 사람은 아무도 없을 것 같아요. 밤에도 낮에도 신부님이 생각날 때마다 눈물이 나와요."

통역을 통해 아순다의 이야기를 들었다. 절벽에서 부르짖는 절규처럼 들려왔다.

† 이태석 신부가 만들어 준 신발을 들고 있는 아순타. 그녀는 2016년 병으로 세상을 떠났다.

일그러진 발을 만지는 신부

이태석 신부와 지인들이 톤즈에서 찍은 사진이 있다. 이 신부를 보여주는 기록이라고 생각하니 사진 속에 담겨 있는 모습을 꼼꼼히 보게 되었다. 100여 장의 사진 가운데 아주 특별한 사진이 있었다. 도화지 위에 그린 무언가를 찍은 사진이었다. 처음에는 무엇인지를 알지 못했다. 그러나 그림의 의미를 알고 나니 가슴이 저려오고 눈물이 났다.

도화지에 그려진 것은 한센인의 발이었다. 발가락이 보이지 않는 이유를 그때서야 알았다. 이태석 신부는 도화지에 한센인의 발을 대고 그림을 그렸다. 이것을 케냐 나이로비에 보내 신발을 만들었다. 맨발로 생활하는 톤즈의 한센인들은 발에 상처를 입는 경우가 많다. 그러나 치료를 제때 받지 못해 상처 부위가 썩으면 잘라내고 만다.

이태석 신부는 그 모습을 보고 상처를 줄일 수 있는 최선의 방법이 무엇인지 고민했다. 해답은 신발이었다. 신발을 신으면 상처를 줄일 수 있다고 생각한 것이다. 그런데 왜 그냥 사는 것보다 비싼 비용을 들여 주문 제작을 한 것일까? 바로 여기에서 한센인에 대한 그의 지극한 사랑을 읽을 수 있다. 발가락이 없는 한센인에게 일반인의 신발은 대단히 불편할 수밖에 없다. 더욱이 태어나서 처음으로 신는 신발이 아니던가? 이 신부는 그들의 발을 만지며 신발을 신겨주고 신는 방법도 자세하게 설명해주었다. 큰 돈을 들여 만든 것도 아니고 볼품도 없었다. 우리에게는 아무것도 아닌 자그마한 것이지만 한센인들에게는 세상에서 더없이 큰 선물이었다. 이태석 신부는 그날을 이렇게 기억하고 있었다.

부활절에 새 신발을 맞추어 드렸습니다. 도화지 위에 한센인의 발을 올려놓고 연필로 그어서 발 모양들을 떴는데, 발가락이 없거나 뒤틀려 있어 감자 모양, 계란 모양, 가지 모양 등등의 해괴망측한 발들을 처음으로 보고 마음이 아팠던 기억도 있습니다. 착화식 날 생전 처음으로 신어보는 신발을 신고 덩실덩실 춤을 추고 박수 치며 노래하던 한센인의 환한 얼굴들은 영원히 잊지 못할 것이라 생각됩니다.

- 이태석 신부

세상에 태어나서 처음으로 받아보는 선물. 고통의 세월이 배어 있는 자신의 일그러진 발을 만지는 신부를 바라보며 한센인들은 어떤 마음이었을까? 가슴이 저려왔다. 최근, 유행처럼 복지 논쟁이 한창이다. 한센인의 신발이야말로 맞춤형 복지가 왜 필요하고 어떤 마음을 갖고 임해야 하는 지를 정확하게 보여주는 사례라는 생각이 들었다

우리도 한센인에 대한 아픔의 역사를 가지고 있다. 원인 모를 병에 걸린 몸은 고름을 토해내고 급기야 썩어 들어가기 시작한다. 가족들은 이웃 사람 보기 창피하다며 집에서 내쫓았다. 어머니는 그렇게 떠나가는 자식을 지켜보며 통곡을 했다. 이웃들은 '인체의 장기를 훼손한다', '옆에 있어도 전염된다'는 악의적인 소문을 내며 그들을 세상 밖으로 내몰았다. 산속에 숨어 살고 이곳저곳 도망도 다녀보지만 결국 붙들려 전라남도 고흥반도 맨 끝자락으로 끌려왔다.

반도의 끝자락 맞은편에 섬이 있다. 사람들이 배에 강제로 태워지고 울부짖는 소리가 하늘을 울렸다. 세상에서 가장 아픈 이별. 배를 타고 나오면 불과 5분 거리이지만, 소록도 주민들에게 육지는 세상에서 가장 먼 곳이었다. 이것이 소록도의 비극이다.

2000년 중반, 그들이 겪어왔을 고통의 시간을 다큐멘터리로 제작하기 위해 나는 소록도를 찾았다. 지금은 다리가 놓여 육지와 자유롭게 왕래하지만 당시만 해도 섬을 관리하는 소록도 병원의 허가가 있어야 출입이 가능했다. 소록도에는 두 개의 주소가 있었다. 한센

† 한센인의 발, 이태석 신부의 신발.

인이 아닌 사람이 사는 1번지와 한센인이 사는 2번지이다. 한센인들은 2번지에서 사는 것이 외부에 알려질 것을 두려워했다. 자칫 알려져 자식들이 직장을 잃고 가정도 깨질 것을 우려해 아들의 주민등록에서 소록도 주소를 없애기 위해 두 번이나 사망신고를 한 경우도 있었다. 우리 사회의 편견이 가져다준 아픔이다. 그러나 그들은 아무도 원망하지 않았다. 생사도 모르는 아버지 엄마가 보고 싶다며 웃었다. 웃음이 오히려 아픔으로 다가왔다. 나도 모르게 한센인의 손을 잡았다. 동정이 아니었다.

소록도에 동백아가씨로 불리는 할머니가 있었다. 후유증 때문에 얼굴은 뒤틀렸고 손가락 발가락도 없었다. 몸이 불편하지만 집을 찾아온 손님에게 차도 끓여주고 과일도 내주며 환하게 웃는 마음씨 좋은 할머니였다. 할머니는 네 살 때 한센인 부모를 따라 소록도에 왔다 열일곱 살에 한센 병에 걸렸다. 그동안 살아온 이야기를 묻자 자신의 심정을 말해주는 노래가 있다고 했다. 할머니가 노래를 불렀다. 이미자의 「동백아가씨」였다.

헤일 수 없이 수많은 밤을 내 가슴 도려내는 아픔에 겨워
얼마나 울었던가, 동백아가씨. 그리움에 지쳐서 울다 지쳐서
꽃잎은 빨갛게 멍이 들었소.

할머니는 힘들 때마다 꿈 많았던 시절을 생각하며 이 노래를 수

없이 불렀다. 몇 달 후, 할머니를 다시 찾아갈 때 선물을 준비했다. 「동백아가씨」가 담긴 테이프였다. 안타깝게도 할머니의 건강 상태는 몹시 좋지 않았다. 몸이 아프고 기력도 떨어져 하루 종일 누워 지냈다. 할머니가 보고 싶어 또 왔다고 하자 고맙다는 인사를 하며 선물을 보여달라고 했다. 「동백아가씨」라는 제목이 보이자 정말 갖고 싶었던 선물이라며 좋아했다. 이미자의 목소리가 들리자 할머니가 노래를 따라 불렀다. 60년 전 꽃다운 모습을 기억하는 것일까? 할머니가 일어나 앉았다. 노래가 끝나자 뭉툭한 손을 내밀며 고맙다는 인사를 여러 번 했다.

지난해 12월 〈울지마 톤즈〉가 극장가에 돌풍을 일으키며 관객을 끌어 모았다. 지방에서는 상영하는 극장이 없다며 항의가 빗발쳤다. 그때 누구에게보다도 〈울지마 톤즈〉를 꼭 보여주고 싶은 사람들이 있었다. 소록도의 한센인이었다. 이태석 신부의 사랑을 통해 그들의 마음을 위로하고 싶었기 때문이다. 그때가 다섯 번째 소록도 방문이었다.

소록도에 영화 상영 시설이 없어 영사기를 비롯한 장비를 빌려 화물차에 싣고 떠났다. 영화 홍보는 주민자치회에 부탁했다. 그날 매서운 바람이 몰아쳤다. 영하 10도를 오르내리는 동장군의 기세 때문에 마을에는 걸어다니는 사람도 보이지 않았다. 주민자치회장이 큰 걱정을 했다. 날씨가 추우면 주민들이 밖에 나오지 않는다는 것이었다.

'아뿔싸! 왜 하필이면 오늘 날씨가 이런 거지.' 속이 타들어갔다. 인원이 차지 않을 경우를 대비해 병원의 의사와 간호사들도 참여할 수 있도록 도움을 청했다. 상영 10분 전, 누구도 예상치 못한 기적이 일어났다. 휠체어를 타고, 지팡이를 짚고, 사람들이 몰려오기 시작한 것이다. 100개의 좌석이 모자라 통로에 간이 의자까지 놓았다.

영화가 시작되었다. 아프리카 검은 대륙에서 펼쳐지는 사랑 이야기에 모두가 눈을 떼지 못했다. 한센인의 이야기가 시작됐다. 여기저기서 한숨이 터졌다. 사람들이 눈물을 훔치기 시작했다. 의사와 자원봉사자까지 모두가 울었다. 영화가 끝나자 한센인들은 고맙다고 했다. 60대 아저씨는 덥석 내 손을 잡았다.

"우리 같은 사람을 위해 희생하신 신부님의 모습을 보니까 너무나 감격스럽고 외롭지 않다는 생각을 했습니다. 정말 감사드립니다."

참석하지 못한 분들에게도 꼭 보여드리고 싶다는 병원 측의 요청에 영화 DVD를 기증했다. 이날 몸이 아파 결국 영화를 보러 오지 못한 할아버지가 있었다. 박만복 할아버지는 손가락이 없고 발가락마저 썩어 들어가 치료를 받고 있었다. 보청기를 끼지만 소리를 잘 듣지 못했다. 할아버지에게 이태석 신부의 이야기를 해주자 자신도 천주교 신자라며 훌륭한 분을 알게 돼 기쁘다고 했다.

할아버지는 20여 년 전 경기도 의왕에서 사업체를 운영하던 사장님이었다. 어느 날 마치 동상에 걸린 것처럼 손에 감각이 없어졌다. 병원에서 충격적인 이야기를 들었다. 바로 그 병이었다. 할아버지는 재산을 정리하고 1억 원에 가까운 큰 돈을 생활이 어려운 학생들에게 300만 원씩 장학금으로 나눠주었다. 그리고 할아버지는 10년 전 소록도로 왔다.

왜 돈을 치료비로 쓰지 않고 장학금으로 나누어주었냐고 물었다. 할아버지는 세상의 빛과 소금이 돼 좋은 일을 많이 하라는 뜻이라고 했다. 인터뷰를 하던 할아버지가 입고 있던 바지주머니에서 뭔가를 꺼내달라고 했다. 겹겹이 싼 비닐을 열자 5만 원 지폐 뭉치가 나왔다. 모두 210만 원이었 다. 할아버지는 10만 원을 뺀 200만 원을 장학금과 생활이 어려운 사람들 에게 대신 전해달라고 했다. 생활보호대상자 지원금과 장애인 수당을 모은 돈이었다. 할아버지는 가지고 있을 때보다 줄 때가 마음이 편하다고 했다.

나는 한센인의 아픔을 위로하러 온 것이 아니었다. 오히려 값비싼 인생 공부를 하고 있는 것이었다. 이태석 신부는 생전에 이런 한센인의 마음을 보며 그들에게 많은 것을 배운다며 겸손해했다.

아무에게도 도움을 줄 수 없고 오직 도움으로만 살아가는 그들이지만, 특별한 능력을 지닌 사람들이라는 것을 발견할 수가 있다. 그중 하나는 조그마한 것에도 감사를 느끼고 그것을 표현할 줄 아는 능력이다. 그들을 보면서, 육체적으론 완전한 감각을 지니고 있지만, 하느님으로부터 많은 것들을 받고 그것들이 나의 것인 양 당연히 여길 뿐 전혀 감사하는 마음을 느끼지 못하는 우리들의 무딘 마음은 혹시 한센병을 앓고 있는 것이 아닌가 하는 생각이 들 때도 있다.

　- 이태석 신부

　무뎌진 나의 마음, 다른 이를 돌보지 못했던 뭉툭한 손이 부끄러웠다.

자신의 삶을 바쳐

톤즈 공동체 곳곳에는 가난과 전쟁으로 신음하는 사람들을 위해 이태석 신부가 고민하고 애쓴 흔적이 남아 있다. 운동장에는 톤즈에서 하나밖에 없는 농구 코트가 있다. 그런데 일반 골대와는 사뭇 다른 모습이었다. 기둥이 쇠가 아닌 콘크리트였고 윗부분에 철근이 삐죽 나와 있었다. 폭격으로 부서진 건물 기둥에 철사로 골대를 감은 것이었다. 아이들은 그곳에서 함께 뛰놀고 뒹굴며 소리쳤다. 상처뿐인 아이들의 가슴에 삶의 기쁨이 처음으로 느껴졌을지도 모른다.

톤즈의 밤은 암흑이다. 그런데 유일하게 불을 밝힌 곳이 있었다. 집이 멀어 학교를 다닐 수 없는 아이들을 위해 이태석 신부가 지어 준 기숙사였다. 학교에 오려면 집에서 사나흘을 걸어야 하는 경우

† 고등학교 수업 중인 이태석 신부.

도 있다. 교통편도 없고 설사 있다 하더라도 돈이 없기 때문이다. 기숙사는 2층 침대뿐인 열악한 곳이었지만 아이들은 이곳에서 미래에 대한 꿈과 희망을 키워갔다. 이태석 신부는 그런 아이들이 밤늦도록 공부할 수 있도록 태양열 발전 시설을 설치해 불을 밝혀주었다. 밤 10시가 넘었는데도 아이들은 침대에 앉아 책을 보거나 토론을 하고 있었다. 아이들은 부모와 가족이 보고 싶지만 지금의 가난을 이겨내기 위해서는 참아야 한다고 했다.

다음날 예고 없이 학교를 찾아갔다. 개학날이었다. 고등학교 3학년 교실은 공부에 대한 열기로 가득했다. 60명 정원의 교실은 100명이 넘는 학생으로 가득 찼다. 두 명이 앉아야 할 책상에 서너 명의 아이들이 끼여 앉아 있고, 지각생은 교실로 들어오지 못하고 밖에 서서 수업을 들었다. 졸거나 떠드는 소리도 들리지 않았다. 왜 이렇게 열심히 공부를 하는지 아이들과 인터뷰를 했다.

"집에 있으면 아무것도 할 것이 없습니다. 아버지는 매일같이 술을 마시고 들어와 때립니다. 너무나 싫지만 갈 곳이 없습니다. 학교에서는 지금까지 들어보지 못한 새로운 것도 배우고 재미가 있습니다."

"신부님은 우리가 살면서 할 수 있는 최고의 일은 자신의 삶을 바쳐 다른 사람들에게 봉사하는 것이라고 했습니다. 대학에 꼭 진학해서

† 이태석리더십학교 1기 졸업생과 이태석 신부 의대생 제자들과의 만남.

† 남수단 로보녹초등학교 학생들에게 이태석 신부의 영상을 소개.

신부님처럼 어려운 사람들을 돕도록 하겠습니다."

이태석 신부는 아이들에게 미래를 이야기해주고 새로운 세상을 보여주려 애썼다. 톤즈 공동체 숙소 맨 끝이 이 신부의 방이다. 지금은 다른 신부가 쓰고 있었다. 2평 남짓한 방 한쪽에 서랍장이 있었다. 문을 열어보니 수백 개의 비디오 테이프가 쌓여 있었다. 국내 영화는 물론 할리우드 영화까지 다양했다. 이태석 신부는 그것을 통해 아이들이 바깥세상과 만나도록 했다. 이제 아이들에게도 목표가 생겼다. 의사가 되어서 어려운 사람들을 위해 봉사하겠다는 다짐부터 교사, 농촌 지도자, 엔지니어 등 아이들은 다양한 목표를 세웠다.

아이들에게 무엇 때문에 이런 꿈을 갖게 되었는지 물어보니 대답은 하나였다. 이태석 신부에 대한 믿음이었다. 전쟁과 가난밖에 없는 곳에 찾아와 자신들을 위해 애쓰는 신부의 모습을 보며 아이들은 그분을 믿고 따랐다. 아이들은 이 신부에게서 희망을 보았던 것이다.

톤즈 마을 중심에 성당이 있다. 일요일 미사가 진행된다는 소식을 듣고 찾아갔다. 수백 명은 되어 보였다. 이태석 신부는 생전에 이곳에서 고통 속에 살아가는 사람들을 위로했다. 성당은 40~50명밖에 들어갈 수 없는 조그마한 공간이었다. 벽면은 공사를 하다 만 듯 벽돌이 그대로 드러나 있었고 창문엔 유리가 없었다. 천정을 지탱하는 나무막대도 그대로 드러나 있었다.

많은 사람들이 교회와 성당, 사찰이 크고 웅장해야만 권위가 선다고 착각한다. 그래서 엄청난 돈을 들여 경쟁적으로 큰 건물을 짓는 것이 우리의 현실이다. 비록 규모는 비교할 수 없을 만큼 초라하지만 톤즈 성당은 고통 속에 살아가는 사람들에게 마음의 안식처이자 사랑을 알게 해준 둥지였다. 또한 삶에 대한 희망의 불씨를 지펴주는 곳이기도 했다. 미사가 끝나자 주민들이 인사를 했다. 그들은 자신들을 찾아와 꽃이 되어준 남자를 이렇게 불렀다.

"쫄리 신부님은 우리의 예수님이었습니다."

이태석 신부의 말이 생각났다.

"예수님의 마지막 유언이 뭡니까? 서로 사랑하라, 서로 사랑하라. 근데 사랑의 기준이 뭡니까? 일치이지 않습니까. 너와 내가 일치되지 않으면 사랑할 수 없지 않습니까? 말과 말, 네 생각과 내 생각이 일치하는 것이 아니라 내 삶의 짜깁기와 다른 사람의 삶의 짜깁기가 일치하는 것, 그게 진정한 일치가 아닌가 생각합니다."
– 2008년 LA 성령대회에서

이태석 신부는 사랑을 말이 아닌 행동으로 보여주었다. 그가 뿌린 사랑의 씨앗은 사람들의 마음에 아름답게 활짝 피었고 그 꽃은 영원히 남아 있다. 인간의 삶은 길고 짧은 것이 중요한 것이 아니라 어떤 본연의 꽃을 피울 수 있는지가 중요하다는 것을 새삼 깨닫게 되었다. 스스로에게 물어보았다 '너는 어떤 삶을 살아왔니?' 한참 멀어져 있는 내 자신이 너무나 부끄러워 하염없이 눈물만 흘렸다.

뻥 뚫린 지붕을 양철로 덮고

이태석 신부는 유난히도 아이들을 좋아했다. 아이들은 거짓말을 하지 않는다. 받은 만큼 보여주는 것이 아이들이다. 이태석 신부의 사랑을 아이들을 통해 확인하고 싶었다. 서울을 떠나기 전, 이태석 신부가 각별하게 관심을 가져온 아이가 있는지 수소문했다. 한 아이의 이름을 알아냈다.

톤즈에 도착한 후 제임스에게 이름을 알려주고 누구인지 찾아달라고 하자 키가 작은 한 아이를 데려왔다. 첫날, 환영식에서 피리 연주를 하던 아이였다. 질문을 해보니 특별히 관심을 가질만한 이야기가 없었다. 집에 가보니 아버지가 술집을 하고 있었는데 별로 반가워하는 눈치도 아니었다. 출발 전 많은 기대를 하고 왔기 때문에 그만큼 실망도 컸다. 누구를 찍어야 할지 걱정이 되었다.

다음날 병원 앞마당에서 악기 연주 소리가 들리자 아이들이 몰려왔다. 대부분 병원까지 들어오지 못하고 담벼락에서 구경을 했다. 물론 연습 장소까지 들어온 아이들도 있었다. 그 가운데 키 작은 한 아이에게 마음이 끌렸다. 외로움이 가득해 보이는 눈동자 때문이었다. 나이는 열세 살, 초등학교 5학년 브린지라고 자신을 소개했다. 반갑다고 손을 잡아주었지만 표정은 그대로였다. 브라스밴드의 맏형인 제임스에게 아이의 표정이 왜 그런지 물었다.

"브린지가 가장 나이 어린 브라스밴드 단원입니다. 그러나 새 학기 등록금을 내지 못해 연습에 참가하지 못하고 있습니다."

아이를 불러 이태석 신부가 세상을 떠난 것을 아느냐고 물어보니 고개만 끄떡였다. 제임스에게 다음날부터 브라스밴드 연습에 참석할 수 있게 해달라고 부탁을 했다.

그날 밤, 박진홍 신부가 제공한 사진을 보았다. 5년 전 톤즈를 방문했을 때 찍은 사진이다. 100여 장의 사진 가운데 기막힌 사진이 있었다. 이태석 신부가 브린지에게 트럼펫을 가르쳐 주는 사진이었다. 모두 8장이었다. 한 컷 한 컷마다 사랑이 넘쳤다. 이 신부와 아이가 함께 환하게 웃는 모습은 세상에서 가장 행복해 보였다. 브린

† 사진 왼쪽에서 두 번째가 브린지.

지에게 마음이 끌린 것이 우연이었을까? 아니면 신부님의 뜻이었을까? 그날 밤 잠을 이룰 수 없었다.

다음날, 아침부터 숙소 밖에 아이들이 서성거리고 있었다. 오후에 만나기로 했는데 아침부터 와 있는 것이었다. 브린지의 얼굴도 보였다. 브라스밴드 단원들이 악기를 들고 밖으로 나왔다. 이태석 신부가 톤즈를 떠난 후 가르쳐주는 선생님이 없어 경험이 있는 선배들이 후배들을 지도해 주며 명맥을 이어가고 있었다.

브린지가 트럼펫을 불기 시작했다. 섭씨 50도의 살인적인 더위에도 쉬지 않고 불었다. 온몸이 땀으로 범벅이 되었다. 오랫동안 연습을 하지 못한 듯 여러 번 선배에게 지적을 받았다. 개별 연습이 끝나자 제임스가 단복을 입고 연주하는 모습을 보여주겠다고 했다.

병원 복도 맨 끝에 이 신부가 가장 좋아하던 방이 있다. 문을 열고 들어가자, 정면에 그림이 걸려 있다. 원숭이 표정을 하고 있는 아이와 이 신부가 다정히 앉아 있는 모습이다. 이 신부가 그린 그림이었다. 오토바이도 있었다. 진료를 위해 구입했지만 이틀밖에 타지 못했다고 한다. 한쪽 벽에 한글로 쓰여진 과자 이름이 적힌 상자들이 보였다. 안을 열어보니 조그마한 가방에 무언가 들어 있었다. 브라스밴드 단복이었다. 1년 반 동안 세탁 한 번 하지 않은 단복, 양말과 스타킹에는 구멍이 나 있었다. 신부가 떠난 후 지원은 모두 끊긴 상태였다.

브린지가 단복을 입었다. 상의는 그런대로 괜찮았지만 바지 길이가 문제였다. 세 겹, 네 겹을 접었다. 허리 크기가 맞지 않자 허리띠를 악착같이 졸라맸다. 모자는 이리저리 움직였다. 그래도 브린지의 표정은 진지했다. 브라스밴드가 대열을 갖췄다. 슬리퍼, 운동화, 맨발, 각양각색이다. 단복은 차려입었지만, 화면에서 보았던 2년 전 브라스밴드가 아니었다. 웃음도 보이지 않았다. 여학생들의 상실감은 너무나 커 보였다. 아버지를 잃어버린 아이들 같았다.

연주가 시작됐다. 악보는 이태석 신부가 한글 노트에 만들어 준 것을 그대로 쓰고 있었다. 브라스 매칭 등 세 곡을 연주했다. 브린지의 양볼이 들썩들썩했다. 트럼펫 앞에 꽂아 놓은 악보에서 눈을 떼지 않았다. 모처럼 함께한 연주가 끝났다. 그러나 아이들의 표정이 밝지 않았다. 제임스는 이렇게 분위기를 전했다.

"밴드부 단원들은 신부님이 돌아가셨다는 소식을 들었을 때 너무나 큰 충격을 받았습니다. 도저히 죽음을 받아들일 수 없었습니다. 그래서 이건 꿈이라고 믿기로 하고 신부님은 반드시 다시 돌아오실 거라고 생각하고 있습니다."

브린지에게 다가가 이태석 신부 이야기를 꺼냈다. 아이의 큰 눈망울에 눈물이 고였다. 바지 뒷주머니에서 악기 닦는 수건을 꺼내더니 얼굴을 훔쳤다. 옆에 있던 여자아이들도 고개를 숙였다. 아이들의 아픈 곳을 건드렸다는 생각이 들어 미안했다. 브린지에게 이 신부를 생각하면 가장 기억 나는 것이 무엇인지 물어보았다.

브린지는 신부님이 악기를 연주할 때나 공부를 할 때도 착한 마음부터 가져야 한다고 말씀하시며 새로운 것을 많이 가르쳐주었다고 했다. 잘못을 하면 다른 사람들처럼 때리는 것이 아니라 어떻게 하면 고칠 수 있는지 방법을 알려주었다고 했다. 그래서 또다시 같은 잘못을 되풀이하지 않도록 도와주셨다며 울먹였다.

전쟁터에서 폭력은 일상이다. 폭력은 또 다른 폭력으로 이어진다. 이태석 신부의 교육 방식은 폭력과의 보이지 않는 전쟁이었다. 아이들은 어른들의 행동이 잘못되었다는 것을 알기 시작했고 자신들은 그렇게 살지 않겠다고 다짐했다. 브린지는 이태석 신부가 가르쳐준 것이 또 있다며 피아노로 다가가 의자에서 여러 개의 악보를 꺼냈다. 그중에서 하나를 집더니 피아노를 치기 시작했다.

하얀 건반 위의 검은 손가락. 서투른 솜씨이지만 익숙한 음악이 들렸다. '뜸북뜸북 뜸북새 논에서 울고' 우리의 동요 「오빠 생각」이었다. 이태석 신부는 왜 이 노래를 아이에게 가르쳐주었을까? 어머니가 있는 그곳이 그리워서였을까? 음악이 더욱 애절하게 들려왔다.

이태석 신부는 어린 시절 악기를 가질 형편이 되지 않았다. 아르바이트를 해서 악기를 샀고 혼자 배웠다. 음악은 가난과 외로움을 지켜준 유일한 친구였다. 이 신부는 브린지에게도 재능을 마음껏 발휘할 수 있도록 많은 것을 가르쳤다.

날이 어두워졌다. 연주 모습을 카메라에 담았지만 오히려 마음이 무거웠다. 35명의 조화가 만들어내는 음악이 너무나 가슴 아프게 다가왔기 때문이다. 스승의 가르침을 끝까지 이어가려 애쓰는 아이들의 모습이 너무나 안쓰러웠다. 아이들이 단복을 벗기 위해 악기 보관실로 돌아왔다. 한 사람 한 사람 손을 잡아주고 박수를 쳐주었다. 옷을 갈아입는 브린지가 보였다. 나도 모르게 가슴을 당겨 꼭 안아주었다. 아무런 표정이 없었지만 마음이 느껴졌다. 신부에 대한 그리움이 진심이라는 것을 느꼈다.

다음 날 아침 초등학교를 찾아갔다. 사무실 앞에 아이들이 어른들의 손을 잡고 줄을 서서 등록을 하고 있었다. 수업료는 우리 돈 3만 원. 한쪽에서 이 모습을 부러운 듯 쳐다보는 아이들이 보였다. 그중에 브린지도 있었다. 수업료를 낼 수 없어 등록을 하지 못하는 아이들이었다. 시무룩해 있는 브린지를 데리고 교실로 갔다.

이태석 신부는 새로 학교를 짓는 대신 폭격으로 부서진 건물을 보수해 사용했다. 뻥 뚫린 지붕을 양철로 덮고, 책상과 걸상을 놓았다. 망고나무 아래 칠판 하나 달랑 세워놓고 땅바닥에 앉아 공부를 하던 것과 비교하면 너무나 좋은 시설이었다. 교실은 방학 동안 사용하지 않아 먼지가 뽀얗게 쌓여 있었다.

브린지가 자신이 쓰던 책상을 손으로 닦은 후 앉았다. 앞으로는 이곳에 올 수 없다고 생각했는지 어두운 표정이었다. 그동안 아이의 수업료는 이태석 신부가 내주었다. 형편이 어려운 아이들이 있으면 자신의 호주머니를 털어 학교에 다닐 수 있도록 했다. 혹시라도 어린 마음이 다칠까 모든 것을 모르게 했다. 이 신부가 떠난 후 브린지는 아버지로부터 학교를 그만 다니라는 이야기를 들었다. 브린지는 이제 왜 학교를 다닐 수 없는지 알게 되었다.

브린지에게 학교를 정말 다니고 싶은지 묻자 내 얼굴을 빤히 쳐다보며 고개를 끄떡였다. 오늘은 이태석 신부의 역할을 대신해 보자 마음먹었다. 브린지를 데리고 등록 접수 창구로 갔다. 수업료를 내려고 하자 5학년으로 등록할 수 없다고 했다. 지난 학기에 낙제를 한 것이었다. '왜 공부를 안 했을까? 관심을 갖고 지켜주던 분이 안 보이자 혼란스러워 그런 것일까?' 아이가 더 측은하게 느껴졌다.

학교 관계자를 만나 아이의 상태를 이야기하고 선처를 부탁했다. 그리고 1년 치 수업료를 대신 내주었다. 브린지는 다시는 낙제하지 않겠다고 약속했다. 등록을 마치자 브린지가 처음으로 웃었다. 친구들과 장난도 쳤다. 아이를 따라 집을 찾아갔다. 톤즈 아이들의 현실을 확인하고 싶었기 때문이다.

망고나무 아래, 대나무에 흙을 발라 볏짚으로 지붕을 세운 움막 두 채가 있었다. 몇 평도 안 되는 공간에 침대가 하나 있고 옆에는 그을린 냄비와 불을 땐 흔적이 보였다. 부엌이었다. 먹을 것이라고는 마대에 조금 남아 있는 '두라'라고 불리는 옥수숫가루가 전부였다. 이것이 11명 가족이 사는 집이었다. 브린지가 망고나무 밑에 앉아 있는 어머니를 소개했다. 악수를 청해보지만 손만 내밀 뿐 표정이 없었다. 기력도 없고 병색이 완연했다. 먹지 못해 영양실조로 고생을 하던 터에 엎친 데 덮친 격으로 말라리아까지 걸렸다. 엄마는 얼마 전 아홉 번째 동생을 또 낳았다. 아기가 젖을 빨아보지만 나오지 않는다. 아기가 젖꼭지를 잡아 흔들었다. 아버지는 일을 하고 싶어도 일자리가 없어 이러다간 굶어 죽을 수밖에 없다고 했다. 아버지도 이 신부를 잘 알고 있었다. 아버지는 그를 통해 중요한 것을 배웠다고 했다.

"한번은 마을 사람들에게 학교의 중요성을 이야기하고 동참해달라고 했습니다. 전쟁 때 파괴된 건물에 기둥을 세우고 보수를 했습니다. 일이 끝나자 신부님이 '하루 품삯'이라며 돈을 주는 겁니다. 저뿐만 아니라 모두가 너무나 기뻐했습니다. 지금 생각하면 신부님이 돈의 가치를 알려주려고 한 것 같습니다."

그때, 브린지가 순식간에 망고나무에 올라가 장대를 흔들어 망고를 땄다. 여간 능숙한 솜씨가 아니었다. 떨어진 망고를 씻지도 않고 입에 물었다. 하루 만에 먹는 끼니였다.

브린지에게 하늘에서 보고 있을 신부님께 인사를 하라고 했다. 한 손을 가슴에 대고 고개를 숙였다. 얼마나 애통하면 가슴을 쥐고 말이 없을까. 지켜보기가 안타까웠다. 두 손을 모은 후 기도를 했다. 말이 없던 브린지가 손수건을 꺼내 눈물을 닦으며 이태석 신부에게 인사를 했다.

† 브린지(사진 가운데)는 이태석재단의 도움으로 우간다 캄팔라대학에 다니고 있다.

"신부님을 위해 항상 기도합니다. 그동안 저와 톤즈 사람들을 도와주셔서 정말 감사합니다. 신부님이 가르쳐주신 대로 여기에서 브라스 밴드 열심히 할게요."

아이가 서럽게 울기 시작했다. 어깨를 다독여 보지만 그리움을 막을 수는 없었다. 옆에서 통역을 하던 제임스도 손으로 눈물을 훔치며 훌쩍거렸다. 그 모습을 지켜보던 나 자신도 더 이상 참을 수가 없었다. 25년간 방송 생활을 하면서 처음으로 취재 중에 눈물을 흘렸다. 열세 살 아이의 눈물을 보며 많은 생각을 했다. 사랑이 깊으면 그리움도 아픔이 된다는 것을, 신부가 없는 시간을 견디는 것이 아이들에게 가혹한 형벌이라는 생각이 들었다.

남을 사랑하는 마음

만남이 있으면 이별이 있다. 그 사람에 대한 진가는 그가 떠난 후에 안다. 부모와의 이별도 그렇고 사랑하는 사람과의 헤어짐도 마찬가지이다. 〈울지마 톤즈〉를 제작하면서 영화의 마지막 부분에 무엇을 넣어야 할까 많은 고민을 했다. 마지막은 이태석 신부가 아프리카에 남긴 사랑의 크기를 정리하는 아주 중요한 부분이었다. 그러나 결론을 내는 일은 간단치 않았다. 그 삶은 욕심과 탐욕이 넘치는 요즘 같은 시대에 감히 흉내 낼 수 없는 대단한 삶이었다.

병원, 학교, 한센인 마을, 어느 것 하나 소중하지 않은 것이 없었다. 사랑은 눈으로 보이지 않는다. 받아들이는 사람들의 반응을 통해서만 그 깊이를 알 수 있다. 수십 번의 재편집 끝에 브라스밴드의 눈물을 마지막에 배치하기로 했다.

1983년에서 2005년까지 계속된 수단의 내전은 교전 수칙조차 존재하지 않는 무자비한 전쟁이었다. 수단을 통치하고 있던 북쪽 이슬람 정부는 남쪽 기독교 세력을 진압하기 위해 전투기를 비롯한 막강한 화력과 병력을 남쪽에 쏟아부었다. 종교 간의 갈등은 민간인에 대한 무차별 학살과 강간 등 반인륜적 범죄도 서슴지 않게 했다. 적을 죽이지 않으면 내 가족이 죽는 벼랑 끝에서 남자들은 총을 들었다. 싸울 군인이 부족하자 이번에는 어린아이들까지 전쟁터로 내몰렸다.

톤즈 주민에게 들은 이야기는 충격 그 자체이다. 일곱 살짜리 아이까지 군대에 끌려갔다. 아이들에게 주어진 첫 임무는 가장 친한 사람을 죽이고 돌아오는 것이었다. 열 살이 되면 사격 훈련을 받고 전쟁터에 나갔다. 부모가 살해당해 복수를 위해 지원하는 경우도 있다. 그곳에서 죽음은 특별한 것이 아니었다. 아이들은 굶어 죽고 싸우다 죽고 총에 맞아 죽는 모습을 매일 같이 지켜보며 컸다. 슬퍼할 감정도 없고 그럴 여유도 없다. 그런데 한 외국인 신부가 떠났다고 아이들이 서럽게 울었다. 그 모습을 지켜본 사람들은 모두가 기적이라고 했다.

브라스밴드에서 아징은 가장 나이가 많다. 27세, 고등학교 3학년이다. 아징은 소년병 출신으로 열두 살 때 군대에 끌려갔다. 원래는 숙부가 징집 대상자였지만 집안을 돌볼 사람이 없다고 버티자 군인들은 대신 한 사람을 보내라고 요구했다. 아징은 숙부를 살리기 위해 군대에 자원했다. 군대는 열두 살 어린아이가 감당하기에는 너무나 힘들고 끔찍한 곳이었다. 탈출할 생각도 했지만 가족을 보호하기 위해 참았다.

"너무 힘들었습니다. 배는 고픈데 먹을 것이 없고 물 하나로 버텼습니다. 훈련을 거부하면 때리고, 태양 아래에서 몇 시간 동안 서 있기도 했습니다. 부모님이 너무 보고 싶었습니다. 뛰고 엎드리고 뒹굴고. 밤이 되면 매일 같이 하느님께 기도를 했습니다. 차라리 목숨을 거두어달라고."

– 아징 인터뷰 中

소년병 문제가 심각해지자 아동구호단체인 유니세프가 군에 끌려간 아이들을 구출하기 위해 애를 썼다. 아징은 5년 만에 극적으로 탈출해 집으로 돌아왔다. 세상에 태어나 배운 것은 사람을 죽이고 살아남는 방법뿐이었다. 공포와 두려움과 증오심은 공격적이고 포악한 아징을 만들어 냈다. 숙부는 모든 것이 자신 때문에 생긴 일이라며 괴로워했다. 마지막으로 그는 이태석 신부를 찾아가 조카를 도와달라고 부탁했다. 이 신부는 아징에게 총 대신 연필을 쥐어주며 새로운 세상을 만나도록 했다. 그리고 아징은 초등학교 1학년이 됐다. 그의 나이 열여덟의 일이다.

"신부님은 왜 공부를 해야 하는지 말씀해 주시면서 자신을 위해 열심히 하라고 하셨습니다. 처음에는 적응이 안 돼 무척 애를 먹었습니다. 그럴 때마다 신부님은 환한 얼굴로 맞아주시며 용기를 갖도록 도와주셨습니다. 공부를 열심히 안 하면 불러서 야단도 치셨습니다. 밤 8시부터 12시까지 옆에서 지켜보시며 공부를 시킨 적도 있습니다. 공부를 하면 할수록 더 배우고 싶어졌습니다."

- 아징 인터뷰 中

늦은 밤 아징을 만나기 위해 숙소로 찾아갔다. 교사들이 묵는 기숙사였다. 전기가 없어 한 치 앞도 구분이 안 돼 차량의 헤드라이트 불빛으로 숙소를 찾았다. 안으로 들어가자 손전등을 켜고 책을 보는 교사들이 보였다.

밤 11시가 넘었지만 아징은 보이질 않았다. 친구를 통해 연락을 하자 책과 노트를 들고 뛰어왔다. 전기가 들어오는 곳에서 시험공부를 하느라 정신이 없다고 했다. 공동체에서 운영하는 방송국에서 엔지니어 아르바이트를 하며 학비도 벌고 있었다. 아징은 자신감이 넘쳐 보였다. 신부님의 보살핌이 없었다면 죽었거나 증오심 가득한 군인이 되었을 거라고 했다. 신부님과의 약속을 지키기 위해 부모님에 대한 그리움도 이를 악물고 참는다고 했다. 한국에 돌아온 후 아징의 소식을 들었다. 와우에 있는 농업대학에 합격했다고 한다. 한 사람의 헌신이 전쟁밖에 모르던 아이들의 인생을 바꿔놓았다.

톤즈로 출발하기 전, 이태석 신부의 생전 모습과 마지막 모습을 DVD에 담아갔다. 이 신부의 사랑이 아이들을 통해 확인될 거라고 믿었기 때문이다. 그러나 이 신부의 지인들은 톤즈의 아이들이 절대 울지 않을 거라며 기대를 접으라고 했다.

설마 자신들을 위해 희생하신 분이 돌아가셨는데 아무런 반응이 없을까? 아무리 험한 아이들이라도 사람인데 반응이 있겠지라는 희망을 버리지 않았다. 톤즈에 도착하자 마지막 기대마저 무너트리는 말들이 들렸다.

"이곳에서 5년을 있었는데 아이들이 우는 걸 한 번도 본 적이 없습니다. 아버지가 죽어도 절대 울지 않습니다. 기대하지 마십시오."

현지에서 그런 이야기를 들으니 맥이 빠졌다. 더구나 이태석 신부가 톤즈를 떠난 지, 벌써 1년 반이 지나지 않았는가? 기대를 접기로 했다. 다만 아이들이 이태석 신부의 마지막 모습을 보지 못했다는 이야기를 듣고 약간의 희망을 가졌다.

영화에는 소개되지 않았지만 성당에서 미사를 끝낸 주민들에게 먼저 DVD를 보여주었다. 이 모습을 카메라에 담으려고 생각했지만 주민들이 몇 명이나 올지 걱정이 됐다. 그런데 눈앞에서 놀라운 일이 벌어졌다. 메마른 황토 땅을 밟고 주민들이 몰려들었다. 준비한 50여 개 좌석은 순식간에 동이 나고 바닥에도 사람들이 꽉 찼다. 들어오지 못한 사람들은 창문에 매달려 영상을 보기 위해 안간힘을 썼다. 족히 200명은 돼 보였다. 카메라도 발 디딜 곳이 없어 한쪽에 고정시켜야 했을 만큼 많은 사람들이 모였다.

이태석 신부의 모습과 목소리가 들리자 순간 조용해졌다. 장례미사 화면이 보이자 사람들은 눈을 떼지 못했다. 앞이 보이지 않는 한 센인들은 손을 모아 기도를 했다. 영상 50도의 날씨에 사람들이 꽉 들어찬 공간은 그야말로 찜통이었다. 사람들의 얼굴에는 비를 맞은 듯 물방울이 흘러내렸다. 가까이 가서 볼 수 없어 그것이 땀인지 눈물인지 알 수 없었다. 영상이 끝을 맺자 주민들은 "쫄리"를 외치며 박수를 쳤다. 전혀 예상치 못 한 상황에 촬영은 물론 인터뷰도 제대로 하지 못해 허탈했지만 한편으로는 톤즈 사람들의 반응을 확인했다는 생각에 너무나 기뻤다. '아! 내 판단이 틀리지 않았구나. 이태석 신부의 사랑을 기억하고 있었구나.' 그렇다면 브라스밴드 아이들은 어떨지 궁금했다.

이태석 신부에게 남을 사랑하는 마음을 배웠고 총과 칼을 녹여 악기를 만들고 싶다고 했던 아이들이었다. 늦은 오후, 주민들이 앉았던 그 자리에 브라스밴드가 앉았다. 카메라 두 대를 동원해 아이들의 반응을 자세히 살폈다. 기타를 치며 노래하는 신부의 모습이 보였다. 1년 반 만에 보는 얼굴이다. 얼마나 그리워했던 얼굴인가?

아이들의 얼굴이 화면에 따라 변해갔다. 암 투병 중인 신부의 얼굴이 보이자 괴로운 듯 모두가 고개를 떨구었다. 이 신부를 운구하는 모습이 보였다. 곳곳에서 흐느끼는 소리가 들려오고 아이들의 얼굴에서 눈물이 흘렀다. 서로를 쳐다보며 울었다. 얼굴을 가린 손 틈으로 눈물이 떨어졌다. 어디에 카메라 렌즈를 맞추어야 할지 우왕좌왕했다. 가슴이 미어지는 아픔을 느꼈다. 같이 울었다. 표정을 들키지 않기 위해 카메라에서 눈을 떼지 않았다. 한참 동안 적막이 흘렀다. 마이크를 갖다 대자 아버지를 애타게 찾는 울음소리가 비명처럼 들려왔다.

"신부님이 너무 보고 싶어요. 이곳을 떠날 때 다시 돌아오실 거라고 믿었는데 한국에서 돌아가셨다는 소식을 나중에 듣고 너무나 슬펐습니다. 신부님이 돌아가셨다는 것을 지금도 믿을 수가 없어요."

"신부님은 우리와 항상 함께하며 많은 일을 하셨습니다. 신부님을 정말 사랑했습니다."

고개를 숙이고 얼굴을 손에 묻은 채 흐느끼는 아이가 보였다. 브린지였다. 이태석 신부의 마지막 모습을 보고 큰 충격을 받은 듯 눈이 통통 부어올라 있었다. 옆으로 다가가자 통곡을 했다. 아이들은 한참을 그렇게 있었다. 만형 제임스가 자신들을 지켜보고 있을 신부님에게 음악으로 인사를 드리겠다고 했다. 자리를 옮겼다. 그곳은 전등불이 환하게 비추고 있는 병원 앞 환자 대기실이었다.

생전에 이태석 신부는 이곳에 아이들을 모아놓고 음악을 가르쳤다. 두 곡의 연주가 끝나자 제임스가 5명에게 피리를 나눠주고 손을 들었다. '사랑해 당신을 정말로 사랑해' 톤즈의 밤하늘에 퍼져나가는 피리 소리가 너무나 아프게 들려왔다. 아이들이 한국말로 노래를 불렀다. 톤즈에 도착한 날 들었던 느낌과는 너무나 달랐다. 이 신부에 대한 사랑의 깊이를 알았기 때문이다. 연주가 끝나자 단복을 벗기 위해 연습실로 갔다. 들어오는 아이들에게 박수를 쳐주었다. 그리고 한 사람씩 안아주었다. 그 순간만큼은 이태석 신부의 역할을 대신해 주고 싶었다.

다음 날 오후 아이들과 사진 촬영을 했다. 밝게 웃는 얼굴로 사진을 찍자고 난리들이다. 한 아이가 다가와 내 가슴에 손을 갖다 대고 사진을 찍었다. 순간 누군가를 그리워하는 마음이 심장에 파고들었다. 이태석 신부가 부러웠다.

아이들의 말을 적어본다. 이태석 신부의 마음이 녹아 있다.

"신부님은 우리가 살면서 할 수 있는 최고의 가치 있는 일은 자신의 삶을 바쳐 다른 사람에게 봉사하는 것이라고 하면서 항상 감사하는 마음을 갖도록 당부하셨습니다."
 - 자카라징(브라스밴드, 26세)

"브라스밴드 유니폼은 무엇이든 할 수 있다는 자신감을 심어준 희망이었고 신부님이 얼마나 많은 사랑을 베풀어주셨는지 보여주는 상징입니다."

- 수잔(브라스밴드, 21세)

"신부님은 우리가 잘못하면 인간도 가끔씩 실수를 할 수 있다며 타일렀고 무엇이 잘못되었는지 알려주셨습니다."

- 수다우트(브라스밴드, 18세)

"마을에 그냥 남아 있었다면 병 때문에 죽거나 전쟁 때문에 죽었을 것입니다. 천만다행으로 학교를 다녀 아직까지 살아있습니다. 신부님이 우리에게 남겨주신 사랑을 공부를 열심히 해서 갚도록 하겠습니다."

- 모시스(브라스밴드, 20세)

브라스밴드의 눈물

아프리카 수단에 한국말을 잘하는 외국인이 있다는 소식을 들었다. 생소하고 위험한 지역에서 한국말로 대화가 가능한 사람은 여러모로 큰 도움이 된다. 더구나 그분은 수단에 오랫동안 있었다고 한다. 그러나 그를 만나는 것은 쉽지 않았다. 북수단의 카르툼에 있었기 때문이다. 북수단과 남수단을 오가는 항공편은 불안정했다. 곳곳에서 발생하는 분쟁 때문에 항공기는 예고 없이 결항되기 일쑤였다. 날짜를 정해도 그날 만난다는 보장이 없었다. 일정이 급해 전화로 도움을 청했다. "여보세요. 공 야고보 수사입니다." 반가운 목소리가 들렸다. 그러나 통화 상태가 좋지 않아 이 메일로 연락하기로 했다.

이틀 후, 답장이 왔다. 취재를 기꺼이 도와주고 싶은데 항공편 때문에 걱정이라고 했다. 톤즈에 도착한 지 이틀 후, 백발의 외국인이 다가와 인사를 했다. "안녕하세요! 제가 공 수사입니다." 한국말을 듣는 순간 너무나 반가워 포옹을 했다. 한국에서는 공 야고보 수사라 불렸지만 수사의 본명은 지아코모 코미노였다. 이탈리아 출신의 공 야고보 수사는 70세의 마음씨 착한 할아버지였다.

수사(修士)는 가톨릭에서 청빈·정결·순명을 서약하고 독신으로 수도 하는 남자를 말한다. 공 수사에게 어떻게 한국말을 잘하게 됐는지 물어보니 한국과의 특별한 인연을 소개했다. 1960년 당시만 해도 우리나라는 전쟁의 후유증이 가시지 않은 가난한 나라였다. 공 수사는 스물한 살의 젊은 나이에 한국을 찾아왔다. 갈 곳 없는 아이들과 함께하기 위해서였다. 그는 살레시오 수도회에서 기술을 가르쳤다. 공 수사의 공은 '공돌이'라는, 공장에서 일하는 남자를 낮잡아 부르는 말에서 따온 것이다.

1992년, 경제성장으로 한국의 생활 여건이 나아지자 공 수사는 자신의 도움이 더 절실한 아이들을 찾아간다며 아프리카로 떠났다. 그곳이 지금 머물고 있는 북수단이다. 공 수사는 북쪽의 이슬람 지역보다 전쟁으로 폐허가 된 남쪽에 더 많은 관심을 가져왔다.

그는 톤즈에서도 유명 인사였다. 가는 곳마다 어른들은 반갑게 인사를 했고 아이들은 달려와 손을 잡았다. 한번은 벌거벗은 아이가 또래의 아이들에게 놀림을 당해 울고 있었다. 나이는 초등학교 6학년 정도로 보였는데, 한참을 씻지 않은 듯 악취가 났다. 게다가 그 아이의 온몸은 상처투성이였고 약간의 정신 분열 증세도 있어 보였다. 아무도 놀리는 아이들을 말리지 않았다. 지켜보던 공 수사가 아이에게 다가가 머리를 쓰다듬더니 사탕 하나를 주었다. 얼굴이 금세 밝아진 아이의 상처 난 부위를 만지며 공 수사는 싸우지 말라고 타일렀다. 다음날 아이가 또 찾아왔다. 공 수사의 손을 붙들고 떠나려 하지 않았다.

2005년, 평화협정 체결로 총성이 멈추자 공 수사는 톤즈에 와 이태석 신부와 오랜 시간을 같이했다. 사람들을 치료하고 학교를 지어 공부를 시키려는 이 신부의 열정은 공 수사에게도 큰 감동이었다. 그러나 공 수사는 이번에 브라스밴드의 눈물을 보면서 이태석 신부가 진짜 어떤 분이었는지 알게 되었다며 고개를 숙였다. 사실 브라스밴드에게 이 신부의 DVD를 보여주려고 했을 때 절대 울지 않을 것이라고 말했던 분이 공 수사였다. 화면을 보는 아이들이 격한 반응을 보이자 공 수사는 우리를 향해 엄지손가락을 치켜들며 이렇게 말했다.

"정말 놀랍습니다. 어떻게 아이들의 마음을 잘 알고 있었습니까? 이곳에서 처음으로 눈물을 보니까 저도 눈물이 났습니다. 이 신부님께서 불쌍하고 어려운 아이들을 얼마나 사랑했는지 오늘에서야 알게 됐습니다."

† 악기를 든 아이들.

젊은 사람도 견디기 힘든 살인적인 더위에서도 공 수사는 자신이 지켜봤던 이태석 신부를 알리기 위해 애를 썼다. 나이와 건강 때문에 힘들 텐데 몇 시간을 걸어도 짜증 한번 내지 않았다. 학교에서는 파괴된 건물을 교실로 만들기까지의 과정을 자세히 설명해 주었고 동네 사람들에게는 당신들을 위해 찾아온 고마운 분들이라는 소개도 잊지 않았다. 덕분에 주민들이 살아가는 모습을 아무 어려움 없이 찍을 수 있었다. 톤즈를 떠나기 전날 공 수사와 인터뷰를 했다. 자신이 한 일은 이태석 신부에 비하면 내세울 수 없이 부끄럽고 작은 것이라며 이 신부의 죽음을 너무나 안타까워했다.

"주님한테 물어보는 것은 도대체 젊은 사람이고 재능이 그렇게 많은 사람인데 왜 그렇게 일찍 데리고 갔는지 모르겠어요. 오히려 제가 지금 일흔 살인데 나 같으면 기쁘게 갔을 거예요. 나보다 훨씬 좋은 일 여기에서 할 수 있었는데……."

나를 먼저 데려갔으면 기쁘게 갔을 것이라고 말하는 공 수사의 얼굴을 보는 순간 나도 모르게 가슴이 울컥했다. 의례적인 말이 아니라 진심이 느껴졌기 때문이다. 세상에 이보다 더 아름다운 순간이 있을까? 그의 두 손을 꼭 잡고 한참 동안 놓지 않았다.

공 수사와 이별을 해야 하는 날이었다. 공 수사가 아침 일찍 숙소로 찾아왔다. 나무 밑에서 공부하는 아이들이 담겨 있는 사진 몇 장을 건네며 공 수사는 간절히 부탁했다.

"1년 후 남수단 분리 독립 투표를 앞두고 북쪽에 와 있는 남쪽 사람들이 대거 고향으로 돌아가 남쪽에 아이들이 공부할 수 있는 학교가 턱없이 부족 합니다. 아무도 신경을 쓰지 않고 있어 정말 심각합니다. 한국에서 많이 도와주었으면 감사하겠습니다."

지난여름, 공 수사와 전화 연락이 되지 않았다. 이메일을 보내도 답장이 없었다. 지인들에게 수소문해 보니 간염과 말라리아에 걸려 의식이 없는 상태로 이탈리아에 후송되었다고 했다. 다행히 상태는 호전되었지만, 공 수사는 다시 가면 죽을 수도 있다는 의사의 반대를 뒤로하고 두 달 뒤 수단으로 돌아왔다. 몸이 허락하는 한 아이들을 돌보겠다는 자신과의 약속 때문이다.

지난 5월 공 수사가 한국에 왔다는 소식을 들었다. 전화 연락이 돼 한걸음에 달려갔다. 걸어오는 공 수사의 모습이 보였다. 1년 전보다 건강이 좋아 보였다. 다행이라는 생각이 들었다. 20년 만의 귀향. 공 수사는 영화가 상영된 후 지하철을 타거나 걸어 다닐 때, 사람들이 알아보고 인사를 한다며 활짝 웃었다. 이번 한국 방문은 그의 보살핌을 받았던 제자들의 초청으로 이뤄졌다.

공 수사는 32년 동안 한국에서 가난한 학생들에게 꿈을 심어주는 스승이었고 그들의 아픔을 다독여 주는 아버지였다. 제자들은 공 수사가 아프리카에서 고생을 한다는 소식을 듣고 자신들이 받았던 사랑과 고마움을 갚기 위해 그동안 돈을 모아 지원해 왔다. 이번 바자회 수익금도 수단의 학교 짓기 사업에 내놓았다. 제자들은 스승의 손을 놓지 않았고 감사의 큰절도 올렸다. 올해 환갑인 늙은 제자는 아버지보다 더 좋아했다면서 모든 문제를 사랑으로 풀어가는 그분의 모습은 자신들 삶의 지표였다고 말했다. 스승이 오셨다는 소식을 듣고 호주에서 비행기를 타고 새벽에 도착한 제자도 있었다. 호주에서 대학을 운영하며 교육 사업을 하고 있다고 했다. 제자는 〈울지마 톤즈〉를 보고 많이 울었다면서 공 수사를 살아있는 스승이라고 불렀다.

"눈이 아파 병원에서 수술을 받았는데 수사님께서 병원비를 비롯해 모든 것을 해결해 주셨어요. 부모님도 못 해주신 거를. 저는 잊을 수가 없습니다. 대인 기피증처럼 사람을 피하는 버릇이 있었는데 그 일이 있고 난 후 삶에 대한 자신감이 생겼어요. 지금 학교를 운영하면서 그 사랑을 다시 되돌려주려 노력하고 있습니다."

아이들에게 가장 필요한 것이 무엇인지 물으니 제자는 사랑과 관심이라고 대답했다. 자신은 공 수사에게 그것을 듬뿍 받았기 때문에 행운아라며 스승을 끌어안았다. 이태석 신부가 수단에 깊은 사랑을 남겼듯이 공 수사도 한국에 사랑의 씨앗을 심고 떠났다.

일주일 후 공 수사와 함께 전라남도 담양에 있는 이태석 신부의 묘지를 찾았다. 공 수사가 이 신부를 마지막으로 본 것은 2008년 이 신부가 한국으로 휴가를 떠날 때였다. 이제 3년 만의 만남이었다. 선종 소식을 듣고는 왔지만 사진으로만 환하게 웃는 이태석 신부를 보자 현실이 믿기지 않는 듯 숙연한 표정이었다. 묘지 앞에서 한쪽 무릎을 꿇고 비석에 입을 맞추었다. 침묵이 흘렀다. 손을 모아 기도했다. 잠깐의 시간이 흘렀다. 그의 얼굴에 눈물이 보였다.

"살아있는 것 같아요. 아직도 너무너무 가까이 있는 것 같아요. 마음을 어떻게 표현할 수가 없어요."

기도가 끝났다. 공 수사는 이 신부가 세웠던 많은 계획이 꼭 이뤄질 수 있도록 노력하겠다고 다짐했다. 공 수사가 묘지의 파란 잔디를 만지더니 여러 개의 잔디 잎사귀를 뽑아 안주머니에서 꺼낸 비닐봉지에 곱게 접어 넣었다. 톤즈에 가져가 아이들에게 신부님의 묘지에서 가지고 온 것이라고 꼭 전하겠다고 했다. 공 수사에게 브린지 소식을 물어보자 영화 DVD를 보고 많이 울었다고 했다. 잔디 잎사귀를 보여주면 이태석 신부와 함께 있는 것처럼 좋아하겠지만 또 한편으로는 무척 슬퍼할 것이라고 걱정했다.

공 수사는 한국을 거쳐 수단 분쟁지역 다르푸르에서 활동해 온 원선오 신부와 함께 학교를 짓기 위해 동분서주하고 있다. 1차 목표는 150명이 공부할 수 있는 교실 5개짜리의 작은 학교이다. 공 수사와 원 신부는 작은 학교 100개를 짓겠다는 야심에 찬 계획을 가지고 있다. 지금은 비록 수십만 달러나 되는 공사비를 마련하지 못해 애를 태우고 있지만 학교를 짓는 일은 이태석 신부가 남긴 사랑을 이어가는 의미 있는 길이라고 했다. 공 수사는 그 일을 꼭 이루고 싶다고 했다.

다시 가져갈 가방

20인승 프로펠러 비행기가 케냐 국경 산악지대에 있는 로키초키오에 착륙했다. 이곳에서 출입국 심사를 받아야 하기 때문에 짐을 찾아 내렸다. 수단 전쟁이 한창일 때에는 국제구호단체의 전진기지로 외국인들이 들끓었던 곳이다. 하지만 지금은 모두 철수해 썰렁했다.

입국 수속을 끝내고 비행기를 다시 타려 하자 항공사 직원은 고장 때문에 떠날 수 없다는 일방적인 통보와 함께 그저 다음날 공항으로 오라는 말만을 되풀이할 뿐이었다. 숙소 제공을 요구하자 알아서 해결하라고 한다. 황당함을 넘어 화가 났다. 아무리 아프리카라지만 해도 너무한다는 생각이 들었다. 일행 중에 여성이 있어 더욱 걱정이 되었다. 이제 어디로 가야 하나 고민을 하고 있는데 공항으로 들어오는 승합차가 보였다. 낡고 찌그러진 차체에 나사까지 없어 당장이라도 퍼질 것 같은 모양이었다. 차에서 내린 운전사가 짐이 있는 쪽으로 달려갈 때였다. 우리에게 같이 타고 가자는 소리가 들렸다. 수단 룸벡 교구의 시저 마쫄라리 주교였다. 어느 누구보다도 믿을 수 있는 분이어서 매우 기뻤다.

마쫄라리 주교는 이탈리아에서 태어나 신부가 된 후 수단에 왔다. 피비린내 나는 전쟁을 겪으면서도 그곳을 떠나지 않았다. 고통받는 주민들을 위로하고 그들의 버팀목이 되어주었다. 모두가 존경했다. 사람들의 마음속에서 그는 평화와 희망의 상징이었다. 이승준, 한만삼 신부가 오게 된 것도 그의 요청 때문이었다.

숙소는 객실이 한 채씩 독립되어 있는 방갈로 형태의 호텔이었다. 오랫동안 보수를 하지 않아 시설은 노후했지만 걱정 없이 지낼 수 있다는 것만으로도 너무나 감사했다.

마쫄라리 주교와 저녁 식사를 하며 많은 이야기를 나눴다. "아강그리아의 한국인 신부님을 잘 좀 봐주세요"라고 부탁드리자 환하게 웃으셨다. 대화의 주제가 자연스럽게 이태석 신부의 이야기로 넘어갔다. 마쫄라리 주교는 이 신부를 재주가 많고 하느님의 사랑을 세상에 전한 아름다운 분이라고 기억했다. 톤즈가 아닌 룸벡 지역 주민까지 찾아와 추모 미사를 부탁할 때는 숙연함마저 들었다고 한다.

"한번은 600명의 청소년들이 참석한 회의가 열렸는데, 이 신부가 수단의 평화를 기원하며 만든 「슈크란 바바」가 연주되었습니다. 아이들 모두가 그 노래를 따라 부르는 모습을 보며 이 신부가 훌륭한 분이라는 생각을 했습니다. 내가 생각하기에 이태석 신부의 최고의 재능은 누구든 쉽게 어울릴 수 있는 능력과 무엇을 하든지 간에 사람들에게 믿음을 심어주는 능력이라고 생각합니다."

호텔 식당이 갑자기 정전이 됐다. 종업원들이 재빨리 식탁에 촛불을 밝혔다. 마쫄라리 주교는 이태석 신부의 선종 소식을 로마에서 듣고 무척 슬퍼했다며 어머니와 형제에게 위로의 인사를 전해달라고 했다. 지금은 많은 사람들이 슬퍼하지만 그분을 만난 것을 감사하게 받아들이는 마음이 필요하다고 했다.

"이곳은 없는 사람 가운데 가장 가난한 사람들이 모여 사는 곳입니다. 이 신부는 자신의 재능을 통해 이들에게 삶의 기쁨을 알게 해주었습니다. 하느님께서 좀 더 오랫동안 보내주셨으면 얼마나 좋았을까 생각도 하지만 이 신부를 보내주신 것만으로도 감사하게 생각합니다."

마쫄라리 주교에게 손수건을 선물했다. 이런 중요한 만남이 있을 줄 알았으면 좀 더 큰 것을 준비했을 텐데 하는 아쉬움이 들었다. 그러나 마쫄라리 주교는 너무나 소중한 선물을 받았다고 좋아했다.

출발할 때 연락을 할 테니 걱정하지 말고 자라며 우리를 안심시켰다. 마쫄라리 주교는 이틀 후 이탈리아 로마에서 교황과의 만남이 약속되어 있다고 했다. 우리는 그 자리에서 교황께 이태석 신부의 이야기를 말씀드려 달라고 부탁했다.

2011년 7월 16일 아침, 또 한 사람이 하느님 곁으로 갔다. 마쫄라리 주교가 미사를 집전하다 쓰러져 선종한 것이다. 마음씨 좋은 시골 할아버지처럼 정겹게 대해주던 주교의 얼굴이 떠올랐다. 짧은 시간이었지만 당신을 만난 것만으로도 감사하다고 인사를 했다.

이태석 신부가 나이로비에 가면 친정집처럼 드나들던 현지 교민 집이 있다. 그곳에 이 신부의 물건이 있었다. 검은 가방 두 개가 그 것이다. 2008년 종합검진을 받기 위해 한국으로 떠나기 전, 톤즈로 다시 가져갈 물건이라며 두고 간 것이다.

가방은 이제 주인을 잃고 유품이 되었다. 가방 하나를 열자 여러 가지 물건과 사진이 나왔다. 사제가 되었을 때의 사진, 교황과 찍은 사진, 미사 도구, 즉석 연주가 가능한 트럼펫, 톤즈 아이들에게 선물하려고 했던 200개의 묵주, 그리고 미국에서 보내온 후원자의 헌금 봉투를 열어보니 미화 20달러가 들어 있다. 한국과 미국에서 보내온 엽서에는 힘을 내라는 응원도 담겨 있었다.

감동먹었습니다. 신부님 만세! 건강하십시오. 존경합니다.
모든 것이 부족하지만 신부님 때문에 함께하게 돼 기쁩니다.

† 구수환 이사장 강연 후 중학생들이 만든 선물.

이 모든 것들이 이 신부에게는 세상에서 가장 소중한 물건일 터이다. 다른 가방을 열었다. 땀 냄새 배인 옷이 들어 있다. 상하의 다섯 벌이다. 옷을 꺼내 살펴봤다. 티셔츠는 옷 가게를 하는 누나가 보내준 것이다. 바지는 입은 지 한참이 된 듯 엉덩이 부분이 허옇게 변해 있다. 유품에서 이 태석 신부가 느껴졌다. 나도 모르게 눈물이 고였다. 가진 것이 그 사람의 모든 것을 보여주는 것이 아니라는 것을 깨달았다. 가방을 챙겼다. 한국에 있는 어머니의 품에 안겨드리기 위해서이다. 가방은 비행기 화물칸에 싣지 않고 기내로 가지고 들어갔다. 한국으로 오는 동안 가방을 열고 유 품 하나하나에 담겨 있는 의미를 생각했다. 이태석 신부가 세상에 남긴 것은 사랑과 헌신의 아름다움이었다.

여기 찾아오신 이유가 무엇입니까?
바로 인생을 정말 하느님의 나라처럼
새처럼 훨훨 날아다니는 것처럼 살고 싶어서 오신 것인데
날기에는 너무 많은 것들이 안에 들어 있어요.
하나씩 하나씩 비울 때 우리가 날 수 있고
진정한 행복을 얻을 수 있지 않을까 그렇게 생각이 됩니다.

유품을 가져왔다는 소식을 어머니에게 알렸다. 아들의 가방을 보자 어머니는 내 손을 잡으며 고맙다는 인사를 했다. 가방을 열었다.

빛바랜 바지가 보이자 어머니가 아들의 이름을 부르며 오열했다. 집 안에 있던 형과 누나들도 울었다. 아들은 어머니가 걱정한다며 아프리카에서의 힘든 모습을 보여주지 않았다. 오늘에서야 아들이 무슨 일을 해왔는지 어머니는 알았다. 거실 정면에 걸려 있는 사진 속에서 이태석 신부는 활짝 웃고 있다.

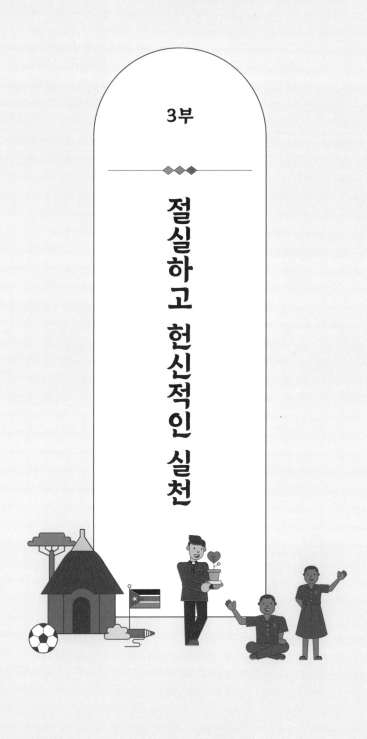

3부

절실하고 헌신적인 실천

자신의 삶을 되돌아보다

2010년 4월 4일, 부활절에 맞추어 방송을 준비했다. 〈울지마 톤즈〉에는 전쟁터, 아프리카, 한국인 신부, 사랑과 헌신, 그리고 눈물에서 죽음까지 다큐멘터리의 흥행 요소가 모두 갖춰져 있다. 특히 이태석 신부의 삶이 주는 감동은 각박한 현실을 살아가는 사람들에게 큰 울림을 줄 수 있을 것이라고 기대했다. 신문을 비롯한 인터넷 매체에서도 큰 관심을 가지고 프로그램을 자세히 소개해 주었다.

그런데 방송을 일주일 앞둔 3월 26일, 대한민국을 충격과 침묵 속에 빠뜨린 천안함 피격 사건이 발생했다. 정규방송이 중단됐다. 사망·실종된 병사들의 얼굴과 이름이 화면을 채웠다. 장병들의 가슴 아픈 사연이 하나씩 알려질 때마다 국민들도 함께 울었다. 불투명해진 방송 일정에 난감해하고 있는데, 4월 11일에 편성되었다는 연락이 왔다. 솔직히 반갑지 않았다. 사람들의 눈과 귀가 서해안 백령도에 쏠려 있는 상황이었다. 아무리 좋은 내용이라도 주목받기는 힘들었다.

밤 8시, 「수단의 슈바이처 고(故)이태석 신부」 타이틀이 전파를 탔다. 과연 얼마나 많은 사람들이 볼까 초조해졌다. 같은 시간대의 두 채널에서는 드라마가 방영 중이었고 다른 채널은 중계차를 동원해 피격 사건을 다루고 있었다. 30분이 지나 프로그램 시청 후기가 올라오는 게시판에 들어갔다. 이태석 신부와 친분이 있는 몇 사람의 글이 올라왔을 뿐이었다. 지인에게 전화를 하자 방송을 하는 줄도 몰랐다고 한다.

다음날 회사에서 시청률을 분석한 자료를 보니 걱정 그대로의 결과였다. 시청률이 전국 기준으로 3.7퍼센트였다. 보통 2퍼센트이면 보는 시청자가 없다는 의미에서 컬러바 시청률이라고 한다. 그동안 방송 생활을 하면서 처음으로 경험해 보는 최악의 시청률이었다. 아무리 천안함 피격에 온 국민의 눈과 귀가 쏠려 있다고는 하지만 너무나 실망스러운 결과였다. 평소 시청률을 의식하지 않고 프로그램을 만들어 온 터라 애써 무시하고 지나칠 수도 있었다. 하지만 주인공의 삶이 워낙 대단했기 때문에 큰 기대를 했던 것도 사실이었다. 마음이 편치 않았다.

이태석 신부가 제대로 알려지지 못한 채 이렇게 기억 속에서 사라진다고 생각하니 화도 나고 안타까웠다. 기대가 너무나 컸던 만큼 실망도 엄청났다. 이런 결과는 프로듀서의 자존심마저 무너트렸고 세상 이야기에 무관심하게 만들었다.

한 달 후, 영화배급사 간부가 찾아와 〈울지마 톤즈〉를 영화로 상영하고 싶다고 했다. "무슨 영화를 만들자는 겁니까? 영화를 전혀 생각하고 찍지도 않았는데……." 뜬금없다는 생각이 들었다. 그런데 배급사 간부가 밝힌 영화 상영 목적이 내 마음을 움직였다.

"하루는 어머님이 울고 들어오셨어요. 왜 우시냐고 물어보니까, 성당에서 신부님이 나오는 20분짜리 비디오를 보여주었는데 마음이 아파 눈물을 참을 수 없다고 하셨어요. 그래서 제목을 물어보니까 모른다고 해요. 명색이 제가 영화배급사에 몸담고 있지 않습니까? 그래서 성당으로 가 제목을 찾아내 비디오를 봤습니다. 그런데 저도 눈물을 참을 수 없는 겁니다. 혼자만 알고 있기에는 너무나 아깝다는 생각이 들어 이곳까지 찾아왔습니다."

이태석 신부의 형인 이태영 신부를 만나 영화 이야기를 꺼내자 동생의 아름다운 삶이 힘들고 어려운 사람에게 용기를 주는 기회가 되었으면 좋겠다며 승낙을 했다. 사실 영화와 흥행은 뗄 수 없는 불가분의 관계이다. 재미없는 영화를 누가 돈 내고 보겠는가? 배급사는 수십억 원의 광고비를 지출하며 홍보에 열을 올린다. 철저하게 상업적인 논리에 의해 움직이는 것이다. 공영성을 모토로 하는 시사 고발 분야만을 담당해 왔던 사람이 이런 환경에 적응하는 것은 여간 어려운 일이 아니었다.

그래도 용기를 냈다. 두 가지 이유에서였다. 하나는 텔레비전 방영 당시 시청률이 워낙 저조해 좀 더 많은 국민에게 보여주고 싶었기 때문이다. 또한 영화가 단 한 사람이라고 할지라도 자신의 삶을 되돌아보는 계기가 된다면 그것만으로 큰 의미가 있다고 생각했다. 게다가 텔레비전은 방영 시간이 60분이다. 아주 특별하고 많은 이야기가 담겨 있는 49년의 삶을 한 시간에 다룬다는 것 자체가 무모한 것이었다. 영화는 상영 시간 이 90분이다. 이태석 신부의 삶을 좀 더 자세히 전달하고 싶은 욕심도 생겼다.

요즘 많이 등장하는 다큐 영화는 보통 60분짜리 프로그램 서너 편을 줄인 것이다. 그러나 〈울지마 톤즈〉는 워낙 소개되지 않은 내용이 많아 다시 제작을 해야 했다. 인터뷰도 다시 하고 보충 촬영도 했다. 1차로 모은 중요한 영상만도 150분이었다. 2차로 다시 편집을 했지만 120분이었다. 배급사에서는 자칫 지루할 수 있으니 90분 정도가 적당할 거라는 의견을 보내왔다. 영화를 모르는 입장에서 120분을 고집할 수 없었다. 20여 차례 편집을 거쳐 넉 달 만에 영화가 완성됐다.

8월 25일 서울 종로에 있는 서울극장에서 시사회가 열렸다. 500개의 좌석이 꽉 찼다. 색소폰을 연주하는 이태석 신부의 모습이 보였다. 객석에서 탄성이 터져 나왔다. 그날 나는 객석에 앉지 않고 맨 뒷줄에 서서 관객들의 반응을 지켜보았다. 한숨을 쉬는 소리, 손수건을 꺼내 눈물을 닦는 모습이 곳곳에서 보였다. 극장 안은 울음바다였다. 영화 마지막 부분에 이런 글을 써넣었다. '이 영화를 고(故) 이태석 신부에게 바칩니다.' 편곡한 「묵상」이 배경음악으로 흐르자 나도 모르게 눈물이 흘렀다. 텔레비전 때와는 비교가 안 될 만큼의 보람을 느꼈다.

언론에서도 주목하기 시작했다. 기자들의 인터뷰 요청이 쇄도했다. 영화감독이라고 불리는 게 참 어색했다. 9월 9일, 전국 5개 대도시에 있는 14개의 상영관에서 〈울지마 톤즈〉가 개봉됐다.

당시 극장에서는 추석 특수를 노린 한국형 블록버스터와 할리우드 영화들이 개봉했거나 개봉을 기다리고 있었다. 애당초 〈울지마 톤즈〉는 이들 영화의 경쟁 상대가 아니었다. 상영관을 확보하는 것만으로 감사하게 생각했다. 그런데 첫날 영화진흥위에서 집계한 좌석 점유율이 영화계를 발칵 뒤집어 놓았다. 좌석 점유율이 70퍼센트를 넘으며 1등을 한 것이다. 예약률도 1위였다. 입장권 판매 순위도 2등과 4등 사이를 오르내렸다. 표를 구하지 못해 애가 탄다며 표를 구해달라는 부탁도 줄을 이었다.

언론의 관심은 더욱 커졌고 '울지마 톤즈 극장가 점령'을 헤드라인으로 한 기사도 나왔다. 상영관도 늘기 시작했다. 축하 인사를 받으면서도 어안이 벙벙했다. 신문방송 매체의 인터뷰가 쏟아졌다. 영화에 대한 열기는 두 달이 지나도록 식지 않았다. 관객이 10만 명을 돌파하자 다른 영화처럼 기자와 주요 인사를 초청해 자축연을 하자는 연락이 왔다. 그러나 외부에 떠들썩한 모습을 보이고 싶지 않았다. 제작진과 배급사 직원 10여 명이 모여 조촐한 자리를 가졌다. 우리에겐 영화평이 격려였고 관객의 감동이 힘이었다.

"영화 보기만 40년 해온 사람인데 지금도 영화 속에서 헤어나지 못하고 있습니다. 어떤 위대한 메시지를 갖고 있는 다큐나 극영화보다도 울림을 주니까요. 그런 점에서 기존 다큐 영화와는 다른 기능을 했다고 생각하고 다큐 영화의 가능성을 새롭게 보여준 사례라고 생각합니다."

– 전찬일(영화평론가)

12월 초 〈울지마 톤즈〉가 스크린에서 사라졌다. 관객이 줄자 영화를 내린 것이다. 흥행에는 애당초 관심이 없었다. 아쉬운 것은 좀 더 많은 사람들, 특히 청소년들의 인성교육에 더없이 좋은 사례를 이제는 보여줄 수 없다는 것이었다. 그런데 청소년 문제 전문가인 '밝은청소년지원센터'의 임정희 이사장이 다른 영화관을 알아볼 테니 재상영을 하자고 했다. 12월 중순 방학을 앞두고 〈울지마 톤즈〉는 다시 스크린에 올랐다. 그런데 상영 시간이 아침 8시였다. 말문이 막혔다. 그 시간에 돈을 내고 올 사람이 누가 있을까? 극장에 가봤다. 눈을 의심했다. 매진이다. 학교에서 단체로 영화를 보러 온 것이었다. 임정희 이사장의 노력 덕분이었다.

〈울지마 톤즈〉의 불씨를 살린 것은 또 한 편의 다큐멘터리 「성탄 특집 이태석 신부, 세상을 울리다」였다. 이 다큐멘터리는 영화가 개봉된 후 우리 사회의 반응을 정리한 프로그램이다. 특별한 내용이 아니었음에도 시청률 8.3퍼센트를 기록했다. 4월 방송의 3배에 가까운 수치였다. 또다시 〈울지마 톤즈〉 열풍이 불었다. 개봉 때보다 더 많은 관객이 극장을 찾았다. 단숨에 관객 50만 명에 육박했다. 주말에만 20,000여 명이 극장을 찾았다. 중소도시에서도 영화를 상영해달라는 글들이 인터넷에 빗발쳤다.

결단을 내렸다. 텔레비전을 통해 영화를 방영하기로 결정한 것이다. 〈울지마 톤즈〉는 설날 다음날 특선영화로 편성됐다. 다른 채널에서는 영화 「전우치」와 설 특집 프로그램이 배치됐다. 영화가 상영되기 전, 트위터에 〈울지마 톤즈〉를 보자는 글들이 몇 초 단위로 계속 올라왔다. 이름만 대면 알 수 있는 유명인의 이름도 보였고 군인도 있었다. 영화가 방영되는 동안 〈울지마 톤즈〉와 이태석 신부는 포털 사이트의 인기 검색어 순위 1, 2위에 나란히 이름을 올렸다. 시청률이 집계됐다. 12.4퍼센트. 인터넷을 통해 영화를 시청한 사람까지 합산한다면 수백만 명이 보았다고 할 수 있다.

〈울지마 톤즈〉는 세련되게 잘 만들려고 하지 않았다. 메시지를 강요하려고 하지도 않았다. 있는 그대로의 모습을 보여줬을 뿐이다.

특별한 홍보도 하지 않았다. 돈을 들여 알리고 싶은 마음은 더더욱 없었다. 그러나 사람들은 스스로 찾아왔다. 자신이 보았던 이야기를 이웃에게 전했다.

"울지마 톤즈 봤어?" 한 번쯤은 물어보는 유행어가 됐다. 이제 〈울지마 톤즈〉의 주인은 국민이다. 이태석 신부는 그들의 마음속에 영원히 남아 있다.

∟ 제목은 울지마인데, 극장 안은 계속 눈물 바다였어요. - davydof
∟ 안 봤으면 후회할 영화. 어떤 단어로도 형용하기 힘든 감동 - bongjepooh
∟ 엊그제 본 영화인데 아직도 마음이 먹먹하다! - biumoo
∟ 별이 왜 다섯 개밖에 없을까? 10개 아니 100개라도 주고 싶은
  영화입니다. - wang0790
∟ 따뜻한 마음을 가지고 있다면 꼭 봐야 하고, 자녀와 꼭 관람할 영화입니다.
  - kimmoonkey
∟ 처음 읽는 위인전을 스크린으로 감상한 기분. 25년 동안 본 영화 중 감동은
  최고였다. - kjp07

주위를 살펴보고 함께 사는 지혜

아무리 훌륭한 프로그램이라도 방송 후 일주일이 지나면 관심에서 멀어지고 잊힌다. 그러나 〈울지마 톤즈〉는 지난해 9월부터 1년이 넘은 지금까지 끊임없이 뉴스를 생산하고 있다. 참으로 불가사의하다.

2011년 1월 이태석 신부의 선종 1주기를 앞두고 대한민국 언론은 앞 다투어 이 신부와 〈울지마 톤즈〉에 대한 기사를 쏟아냈다. 한 면 전체를 쓰기도 하고 사설 투고를 통해 소개하기도 했다. 중앙지와 지방지의 구분도 없었다. 국내의 한 유명 시사잡지는 이태석 신부를 커버스토리로 다뤘다. 이태석 신부의 자서전 『친구가 되어주실래요?』는 단숨에 베스트셀러가 되었다. 사회지도층 인사의 비리가 터지자 사람들은 이태석 신부를 본받으라고 질타했다. 또한 삶의 지표가 되어줄 분을 찾았다며 흥분했다.

이태석 신드롬은 몰아치는 폭풍과도 같았다. 그를 본받자는 움직임에는 학교와 직장, 지방자치단체와 정부, 가진 자와 없는 자, 진보와 보수의 구분이 없었다. 대한민국이 겪고 있는 갈등을 해결할 수 있는 유일한 해결책은 사랑과 헌신이었다. 〈울지마 톤즈〉 열풍이 그것을 말해주고 있었다.

ㄴ스스로의 삶을 태워 세상 가장 어두운 곳을 밝힌 신부님. 앞으로 당신의 삶을 기억하며 살겠습니다. 고맙습니다. -sh0528P
ㄴ행복하자. 그리고 하고 싶은 일을, 아름다운 일을, 선한 영향력을 행사할 수 있는 일을 하자. 기운 빠져 살지 말자, 열심히 살자. -glass247
ㄴ천사를 알아보는 사람은 천사가 될 자격이 있습니다. 우리 포기하지 말아요. -geminus

지난 2월부터 특별 강연 요청이 쇄도했다. 신입생 오리엔테이션에서 특강을 해달라는 대학교가 20여 개를 넘었다. 〈울지마 톤즈〉의 유명세 덕분이었다. 서울 모 대학의 오리엔테이션에 신입생 2,000여 명이 모였다. 전문 강사도 아닌데, 강연을 어떻게 할지 여간 걱정되는 것이 아니었다. 합격의 기쁨을 만끽이라도 하듯 장내는 무척 소란스러웠다. 〈울지마 톤즈〉를 보여주자 시끄럽던 강당이 갑자기 조용해졌다. 영화 제작의 뒷이야기를 들려주자 학생들의 눈이 빛났다. 영화를 본 사람이 있는지 물어보자 절반이 넘게 손을 들었다. 강연이 끝나자 학생들이 찾아와 인사를 했다.

"신부님을 알도록 해줘 고맙습니다. 합격이라는 목표만을 위해 살아왔는데 주위를 살펴보고 함께 사는 지혜를 깨닫게 해주었습니다."

특강을 다닌다는 소문이 났는지 인천 지역 대학생들이 연락을 해왔다. 섭외가 어려울 것이라고 생각했는지 가겠다고 하자 너무나 좋아했다. 등록금과 취업이 사회적 논점이 된 상황에서 학생들을 개인적으로 꼭 만나 보고 싶었다. 강연은 저녁 7시에 시작됐다. 인원은 40여 명이었지만 모두 들 진지했다. 질의응답 시간이 되자 학생들은 자신들의 답답한 심정을 털어놓았다.

"내년 2월 졸업을 앞두고 직장을 구해야 하는데 방법이 없습니다."
"열심히 살려고 노력했지만 달라지는 것이 없습니다."
"미래에 대한 희망이 없다는 것이 미치게 합니다."

벼랑 끝에 서 있는 모습이다. 듣기 좋은 덕담을 하기에는 너무나 절박해 보였다. 막막함을 하소연하고 싶어도 할 곳이 없다는 이야기가 비명처럼 들려왔다. 길이 보이지 않는다는 이들에게 무엇을

† 목포 영흥고 강연.

말해야 할지 고민스러웠다. 본질적인 문제를 이야기하기로 했다. 지금 처한 현실은 여러분의 잘못보다는 어른들의 무관심이 낳은 결과라며 같은 기성세대로서 미안하다고 했다. 성공은 돈과 권력을 통해 만들어지는 것이 아니라 존경받는 삶을 통해 이뤄진다고 강조했다. 세상을 긍정적으로 바라보는 마음의 여유가 있을 때 많은 기회가 올 것이라며 격려도 했다. 봉사를 통해 자신의 소중함을 느꼈으면 좋겠다는 부탁도 했다.

예정 시간보다 1시간이 더 지났지만 아쉬운 표정이었다. 학생들이 2차를 가자며 학교 근처 호프집으로 이끌었다. 10여 명이 모였다. 표정이 조금 전 강연 때와는 달랐다. 학생들은 밝게 웃고 있었다. 처음 만나는 듯, 자기소개를 하고 졸업 후 진로에 대한 이야기를 나눴다. 한 여학생은 자신도 프로듀서가 되고 싶다며 도와달라고 했다. 이태석 신부의 헌신하는 모습을 보며 많은 위로가 되었다며 감사하다는 인사도 했다. 학생들에게 전화번호와 이메일 주소를 알려주고 기념사진도 찍었다. 시계를 보니 자정이 한참 지났다.

굴비로 유명한 전남 영광을 찾았을 때이다. 영광은 2년 전 공옥진 여사의 다큐멘터리를 제작하면서 인연을 맺은 고향 같은 곳이다. 영광문화원의 한현선 사무국장에게서 연락이 왔다. 이곳에 극장이 없어 주민들에게 영화를 보여주고 싶어도 방법이 없다며 도와달라고 했다. 영광에서 가장 큰 한전문화회관에서 영화를 상영하기로 했다. 2층 구조로 500석 규모였다. 오전과 오후 두 차례 영화를 상영하기로 했다.

오전 11시에 시작된 1회 상영 때에는 100여 분의 어르신들이 객석을 채웠다. 90분 동안 흐트러짐이 없었다. 어르신들이 눈물을 흘렸다. 바쁜 농번기를 감안하면 대단한 성원이었다. 오후 상영 시간이 되었다. 주민, 경찰관, 교사, 학생들이 줄을 서서 입장을 기다렸다. 학생들은 2층으로 올려 보냈다. 객석의 빈자리가 보이지 않았다.

그런데 돌발 상황이 발생했다. 「열애」를 열창하는 장면이 나오는 순간 갑자기 2층에서 큰 소리로 따라 부르며 히죽히죽 웃는 소리가 들렸다. 금방 멈출 기세가 아니었다. 듣기에 민망한 욕까지 해댔다. 아이들의 웃는 소리가 들렸다. 영화를 중단시키고 밖으로 내보내고 싶었지만 그럴 수도 없었다. 지금은 이태석 신부의 사랑을 이야기하러 온 것이 아니던가? 2층으로 올라가 봤다. 고등학생이었다. 수업이 끝났는데 학교에서 영화를 보게 하는 것이 불만이었던 모양이다. 그런데 20분이 지나자 갑자기 조용해졌다. 브라스밴드가 이태석 신부와 마지막 작별을 할 때에는 손으로 얼굴을 훔치는 모습도 보였다. 영화가 끝나자 선생님 몇 분이 찾아와 연신 고맙다며 인사를 했다.

"학교에서 영화를 본다고 하니까 잔뜩 기대를 하고 왔는데 할리우드 영화 같은 재미가 없으니까 처음에는 반발을 한거죠. 그러다 한센병 환자를 헌신적으로 보살피고 자기 또래인 아프리카 아이들을 위해 희생을 하다 돌아가신 모습을 보면서 감동을 받은 것 같아요. 이것이 살아있는 교육이라고 생각합니다."

지난 8월 아주 특별한 행사에 초청을 받았다. 해외 거주 한인 여성 지도자와 국내 여성 지도자들의 모임이었다. 울산에 있는 호텔의 컨벤션센터에 400백여 명의 참가자들이 자리를 잡았다. 주제는 '세계를 주목시킨 이태석 리더십과 한류'였다. 내용은 이태석 신부의 사랑과 헌신은 아픔을 함께하고 진심으로 걱정하는 진정성의 발로라는 것, 나눔과 봉사를 통해 한국의 이미지를 바꾸자는 것이었다.

해외에서 온 참가자 대부분은 〈울지마 톤즈〉를 모르거나 본 적이 없다. 부득이 15분으로 편집한 영화를 먼저 상영한 후 강연을 하기로 했다. 짧게 편집된 내용을 보고도 이 신부의 삶을 이해할 수 있을지 걱정이 됐다. 처음에는 누구인지 궁금해하던 분위기가 금세 슬픈 표정으로 바뀌었다. 손수건을 꺼내 눈물을 닦는 참가자들이 많이 보였다. 강연이 끝났다. 큰 박수 소리가 한참 동안 울렸다. 박수의 의미가 무엇인지 생각했다. 이태석 신부에 대한 감사의 인사라고 생각했다. 교민들이 몰려와 사인을 부탁했다. 명함도 교환했다. 준비해 간 50장의 명함이 동났다. 홍콩, 프랑스, 미국, 호주에서 온 대표는 이 신부의 감동을 현지 교민과 함께 나누고 싶다며 초청

† 이태석 신부 묘지를 참배한 이태석리더십학교 학생들.

의사를 밝혔다. 이런 환대를 받아본 것은 처음이었다. 모두 이 신부
의 덕택이었다.

"화면을 통해서 처음 봤는데 너무나 감동입니다. 한국을 떠나 열심
히 살고 있는데, 앞으로 어떤 모습으로 살아가야 하는지를 배웠습니
다."

"해외에 있다 보면 고국에 대한 생각을 많이 하죠. 이태석 신부님을

뵈니까 제가 한국 사람이라는 것이 너무 자랑스럽습니다. 돌아가서 많이 알리고 싶습니다."

이태석 신부가 떠난 지 13년이 가까워 오지만 여전히 사람들은 그를 그리워하고 있다. 이 신부가 세상에 남긴 사랑의 울림은 우리의 마음속에 남아 있다. 살아가는 방식은 다르지만 모두가 그를 눈물로 기억하고 있다. 이것이 이태석 신드롬의 실체이다.

보잘것없는 사람에게 해준 것이
곧 나에게 해준 것

〈울지마 톤즈〉에 대한 관심은 자연스럽게 감독인 나에게로 이어졌다. 많이 받은 질문 중 하나는 내 종교가 무엇이냐는 것이었다. 아무래도 영화의 주인공이 신부라서 그런 듯하다. 사실 프로그램의 아이템 선정에서 가장 민감하고 조심스러운 분야가 종교와 관련된 내용이다. 조금이라도 비판을 하면 '피디가 특정 종교 신자이다', '사주를 받아서 우리를 음해하려는 불순한 의도가 있다'라는 비난을 쏟아낸다. 괴롭힘은 여기서 끝나지 않는다. 사이비 종교의 경우는 더욱 심하다. 하루 종일 사무실에 집단으로 항의 전화를 걸어 업무를 마비시킨다. 방송이 끝남과 동시에 민형사상의 보복성 소송을 제기하는 경우도 있다. 아무리 사회정의를 위해 희생하겠다고 각오를 다져온 저널리스트라도 이 정도 되면 주눅 들게 마련이고 결국 외면하는 경우까지 생긴다.

언제부턴가 종교는 성역으로 인식되어 왔다. 아니 이미 성역이 되어버렸다. 70~80년대 정치적으로 암울했던 시절, 성직자는 시대의 양심이었고 삶에 지친 사람들의 정신적 지도자였다. 절망 속에서도 사람들은 그분들의 한마디에 고통을 견뎠고 그분들의 웃음을 보며 위로를 받았다. 우리는 존경의 마음으로 감사의 인사를 전했다. 성직자에게는 누구보다도 투명한 도덕성이 요구된다. 말 한마디, 행동 하나가 큰 영향을 미치기 때문이다. 그러나 최근 일부 성직자가 보여주는 일탈행위는 우리를 절망케 한다. 기득권을 빼앗기지 않기 위해 악을 쓰고 싸우는 것은 물론 추악한 성추문까지 흘러나온다. 이는 성직자가 자신의 욕망과 욕구를 위해 살았기 때문이다. 이태석 신부의 삶을 보며 종교의 사회적 역할에 대해 많은 생각을 했다.

1960년대 초등학교 시절 우리 부모님은 구멍가게를 하며 3남매를 키우셨다. 조그마한 방 한 칸에서 다섯 식구가 살다 보니 동네 골목길이 유일한 놀이터였다. 보릿고개 시절 가난을 벗어나기 위해 부모님은 새벽 5시부터 통행금지가 시작되는 자정까지 악착같이 일하셨다. 힘들고 고된 삶 속에서도 새벽 4시가 되면 일어나 기도를 하셨다. 1년에 한 번은 꼭 절에 찾아가 자식들이 건강하고 훌륭한 사람이 되도록 도와달라며 빌었다. 자식을 위해 해줄 수 있는 최선은 기도뿐이었다. 남들처럼 절에 열심히 다닌 것도 아니다. 그렇다고 시주를 많이 한 것은 더더욱 아니지만 어머니에게 부처님은 힘들고 어려울 때 의지하고 용기를 주는 유일한 희망이었다. 그리고 부처님은 항상 어머니의 마음에 있었다. 그래서 초등학교 때부터 내 생활기록부 종교란은 불교로 채워졌다.

〈울지마 톤즈〉를 제작할 때, 종교적인 색체를 드러내지 않도록 많은 신경을 썼다. 특정 종교를 부각시킨다는 항의를 의식해서가 아니다. 신부님의 말과 행동에 담겨있는 진실함을 통해 종교를 초월한 사랑의 아름다움을 전하고 싶었기 때문이다. 이것이 바로 불교 신자이면서 천주교 신부의 삶을 세상에 알리려고 노력한 이유이다.

1998년 폭우가 쏟아지던 날 일산 주택가에서 있었던 일이다. 1층 화장실에 갔다 물과 오물이 역류해 지하로 쏟아지는 것을 목격했다. 순간 나도 모르게 밑으로 내려갔다. 지하는 부처님이 모셔져 있는 포교원이었다. 법당 안은 엉망이었다. 물은 이미 무릎까지 차올랐고 여기저기에 쓰레기 더미가 떠다녔다. 그런데 안쪽에 있는 방에서 인기척이 느껴졌다. 방에는 놀랍게도 물을 피해 참선 자세로 앉아 있는 스님이 보였다. 왜 밖으로 피신을 하지 않는지 이상한 생각이 들었다. 다가가 보니 스님은 앞이 보이지 않는 시각장애인이었다.

스님은 아홉 살 때 출가한 후, 강화도 전등사에서 수행을 하다 스물아홉 살 때, 갑작스러운 교통사고로 두 눈을 잃었다. 차를 운전하고 가는데 골목에서 갑자기 아이들이 뛰어나왔다. 스님은 아이들을 피하려다 전신주를 들이받고 말았다. 스님은 다시는 앞을 볼 수 없게 되었다. 그 후 평소 따르던 신자들도 떠났고 찾아오는 사람도 없었다. 스님은 2년 동안 시련과 고통의 시간을 보냈다.

신자들에게 인생의 무상(無常)함을 말하면서 눈이 안 보인다고 괴로워하는 것은 성직자의 도리가 아니라고 스님은 생각했다. 스님은 경북 영양 산골에 있는 암자로 들어가 속세와 인연을 끊었다. 그곳에서 부처님의 깨달음을 얻기 위해 선 수행을 했다. 철학, 기독교, 이슬람 같은 타종교에 대한 공부도 했다.

스님과 인연을 맺은 지 벌써 12년이 됐다. 나는 지금까지 한 번도 스님에게 신앙을 강요하거나 다른 종교를 폄훼하는 말을 들어본 적이 없다. 나는 스님과 인간의 삶에 대해 많은 이야기를 나눴다. 종교가 우리에게 어떤 의미가 있고 어떤 역할을 해야 하는지를 배웠다. 그 과정은 내가 이태석 신부의 삶을 이해하는 데 큰 도움이 되었다.

스님의 법명은 '정각'이다. 2004년 경상북도 청송으로 내려가 주왕산 자락에 직접 절을 지었다. 절의 이름은 무상사이다. 일반 사찰처럼 크거나 화려하지도 않다. 무상사는 법당과 석탑, 숙소 하나가 전부이다. 스님이 청송 오지마을에 내려온 데에는 특별한 이유가 있었다.

"몸이 불편한 장애인과 자식이 없거나 자식에게 버림받은 노인들을 이곳에 모셔 와 위로하고 함께 지내고 싶었습니다. 장애는 몸이 불편한 것이 아니라 스스로를 다스리지 못하는 마음입니다. 인간에게 가장 큰 병은 욕심입니다. 이기심을 버리고 모든 것을 놓을 때 삶의 행복을 얻게 될 것입니다."

– 정각 스님 인터뷰 中

스님은 지금도 깨달음을 얻기 위해 산속에 묻혀 살고 있다.

석가탄신일은 불교에서는 가장 큰 명절이다. 그런데 지난 5월 무상사에서 아주 특별한 행사가 열렸다. 법당에서 주인공이 신부님인 영화를 상영한 것이다. 정각 스님은 〈울지마 톤즈〉를 직접 볼 수는 없었지만 내레이션과 인터뷰를 통해 감동을 느꼈고 그것을 신자들에게 꼭 보여주고 싶다고 했다.

"이 신부의 사랑과 헌신은 바로 부처님의 자비 정신입니다. 사랑하고 불쌍히 여기는 마음입니다. 자비는 중생에게 즐거움을 주고 고통과 슬픔을 감싸주는 지극한 사랑입니다. 이태석 신부의 삶을 만나 마음의 본성에 대한 영감을 얻기를 바라는 의미에서 영화를 상영하게 된 것입니다."

영사기와 스크린을 준비해 청송으로 내려갔다. 연등이 밝히고 있는 법당은 경건하고 평온했다. 서울에서 찾아온 신자와 주민들이 모였다. 법당에서 영화 상영은 처음 있는 일이었다. 더구나 신부님의 삶을 다룬 영화라고 하자 다들 신기한 표정들이었다. 영화가 시작됐다. 사람들은 화면에서 눈을 떼지 않았다. 자리를 뜨는 사람도 없었다. 얼굴에 눈물이 흐르고 손수건은 젖어갔다. 종교는 달라도, 마음은 하나였다. 법당에서 만난 이태석 신부는 또 다른 감동으로 다가왔다. 사람들은 신부의 삶을 보고 이렇게 말했다.

"아름다운 사람을 만난 행복한 시간이었습니다."

"사랑의 힘이 얼마나 위대하고 소중한지 알게 됐습니다. 큰 선물을 받았습니다."

"세상을 원망만 했는데 제 자신을 다시 보게 됐습니다. 감사합니다."

정각 스님은 불신과 탐욕이 넘쳐나고 신뢰가 무너지는 혼란스러움에 마음이 무겁다고 했다. 그래서 종교의 역할이 어느 때보다 필요하다고 강조했다. 스님은 이제 종교가 인간의 본질적인 문제에 관심을 가져야 한다고 역설했다. 자신만의 종교사상을 내세우면 결국 서로의 벽을 쌓게 된다. 그리고 벽은 또 다른 갈등을 일으킬 수밖에 없게 한다.

이태석 신부는 우리 종교계에도 큰 변화를 가져왔다. 종교라는 바

† 경기도 소망교도소 강연, 재소자의 반응이 좋아 전국 교도소에 방영됐다.

로 그 성역의 벽에 금이 가기 시작한 것이다. 감리교 신학대학은 목회자나 선교사가 되기 위해 공부하는 곳이다. '인류와 종교' 과목을 가르치는 이정배 교수는 학생들에게 특별한 과제를 주었다. 〈울지마 톤즈〉를 보고 감상문을 제출토록 한 것이다. 100명의 학생 중 30명이 보고서를 제출했다. 이 교수가 학생들이 쓴 보고서를 보여주었다. 빼곡히 적혀 있는 감상 소감은 놀라움 그 자체였다.

"폐쇄적인 신부님이 더 열려 있고, 깨어 있는 듯한 생각이 든다. 세상 사람들은 어떻게 판단할까?"

"내 꿈은 선교사이다. 영화를 보는 내내 계속된 질문이 있었다. 너는 그들에게 그렇게 할 수 있겠니? 대답이 쉽게 나오지 않았다."
"신부님의 무조건적인 사랑에 내 심장은 미친 듯이 뛰었고, 불평불만으로 하루하루를 보내는 내 자신을 보며 무서웠다."

학생들은 영화를 통해 이태석 신부가 살아온 삶의 근원이 예수였음을 보았고 그것이 자신들이 생각해 왔던 성직의 길과 다르다는 것을 알게 되었다. 이정배 교수는 '이 신부를 통해 삶이 길고 짧은 것이 문제가 아니라 어떻게 본연의 꽃을 피울 수 있는지가 중요하다는 것을 깨달았다'며 그 물음 앞에서 한참 멀어져 있는 자신을 보고 너무나 부끄러워 하염없이 눈물만 흘렸다고 했다.

서울 구로에 있는 갈릴리교회의 인명진 목사는 자신의 경험을 이야기하며 설교를 통해 변화를 기대하는 것은 잘못된 생각이라고 일침을 놨다. 말보다는 행동으로 보여주는 것이 중요하다는 것이다.

"설교해서 사람들이 안 변합니다. 그게 헛수고예요. 목사가 어떻게 사느냐는 걸 보고 사람들이 변화돼요. 교회가 변화되지 않는 건 나 같은 사람들이 말로 가르칠 수 있다고 생각하는 착각에 빠져 있기 때문이에요."

신앙에 대한 믿음은 절대적이다. 모두가 사랑을 이야기하지만 실천이 부족하다. 이태석 신부는 거창한 구호도 자랑도 하지 않았다. 단지 예수의 말씀을 실천하려고 했을 뿐이다.

지극히 보잘것없는 사람에게 해준 것이 곧 나에게 해준 것이다.
– 마태복음 25:40

이태석 신부는 이 말을 자주 했다. 2011년 대한민국은 한 사제의 감동적인 삶 앞에 종교를 초월한 눈물을 흘렸다. 그리고 이제 아무도 생각하지 못했던 기적이 일어나고 있다.

포털 사이트 다음(Daum)의 영화 부문에 올라와 있는 네티즌의 반응이 그것을 증거하고 있었다.

진정한 성직자, 진실된 선교가 무엇인지 알게 됐습니다. 만들어진 감동이 아닌 가슴에서 흘리는 눈물을 오늘 흘리고 왔습니다. 정말 숙연해지고 마음이 아파옵니다.

신을 믿으라는 수백 번의 말에 귀를 닫고 살아왔지만, 이태석 신부의 발자취를 보며 나는 행동으로 증명한 신의 존재를 보았습니다.

내가 꿈꾸는 세상도 신부님이 꿈꾸는 세상과 다르지 않았습니다. 그는 절실했기에 헌신적이었고, 실천적이었습니다. 예수님의 존재 여부를 넘어 그는 분명 예수였습니다. 삶! 나는 어떻게 살아야 할까?

심각하게 아프다는 것을 알면서도

지난 4월 지인으로부터 전화가 왔다. "〈울지마 톤즈〉가 북한으로 간
대요." 남북 관계가 악화되어 있는 지금 무슨 쓸데없는 소리냐고 무
시했다. 신문을 보라고 했다. 정말이었다. 영국 상원 초청으로 런던
을 방문한 북한 대표단에 영화 〈울지마 톤즈〉 DVD가 선물로 전달
됐다는 것이다. 보기에 따라서는 그냥 지나칠 수도 있는 내용이었
다. 하지만 영국 방문은 천안함 침몰 사건 이후 두문불출하던 북한
최고위층의 첫 해외 나들이였다. 초청한 쪽이나 방문한 사람 모두
대단히 중량감 있는 인사였다. DVD를 전달한 배경이 예사롭지 않
다고 생각했다.

북한 대표는 최태복 최고인민회의 의장이었다. 우리나라로 따지

면 국회의장으로 그는 김정일의 최측근 인사이다. 이번 방문은 북한의 식량원조와 결핵 치료 지원 요청을 영국이 받아들임으로써 이뤄졌다. 영국 대표는 상원의원 데이비드 패트릭 폴 알톤 경이다. 알톤 경은 2005년부터 여러 차례 방북했고 그때마다 북한 방송 매체는 그의 움직임을 상세하게 보도했다. 알톤 경이 특히 관심을 가지는 부분은 탈북자의 인권 문제였다. 이번 방문 기간에도 회의 자리에 탈북자를 참석시켜 북한 대표단을 곤혹스럽게 하기도 했다.

알톤 경은 자신이 북한 인사를 만나는 것이 북쪽의 통치 방식을 인정하는 것이 아니라고 잘라 말했다. 그는 북한을 협상 테이블로 이끌어내 대결보다는 대화를 통해 북한을 변화시키고 싶다고 했다. 알톤 경은 영국 정치계에서도 신망 높은 정치인이다. 21세에 최연소로 리버풀 시의원에 당선돼 주목받았다. 그러나 소속 정당이 '낙태 합법화' 법안을 추진하자 인간의 생명을 존중하지 않는 정당과는 함께할 수 없다며 18년간 몸담았던 정치계를 떠났다. 이 사실을 알게 된 집권당은 유능한 인재를 잃는 것은 영국의 큰 손실이라며 할당된 상원의원 1석을 반대당 의원이었던 알톤 경에게 양보했다. 지금 그는 무소속으로 의정활동을 하고 있다.

〈울지마 톤즈〉 DVD를 북측에 전달한 알톤 경을 만나 꼭 물어보고 싶은 것이 있었다. 북한은 종교의 자유가 보장된다는 점을 선전하기 위해서 해외 종교인들을 초청하기도 한다. 그러나 여전히 종교활동을 제한하고 있다. 따라서 신부의 삶을 다룬 DVD를 건넨다는 것은 북한을 자극할 수 있는 민감한 문제였다. 이러한 부담을 알면서도 전달한 이유가 궁금했다. 더구나 주인공이 남쪽 사람 아니던가? 하나 더 궁금한 것은 영국에서 어떻게 〈울지마 톤즈〉를 알았을까 하는 점이었다.

알톤 경을 만날 수 있는 방법을 수소문했다. 다행히 상원의원과 친한 영국인 교수를 통해 연락할 수 있었다. 알톤 경이 이메일로 답장을 보내왔다. 〈울지마 톤즈〉는 영국 신문 보도를 통해 알게 되었고 DVD는 2009년 한국 방문 당시 알게 된 신부에게 급하게 부탁해 받았다고 했다. 알톤 경이 말한 신문은 일주일에 한 번 발행되는 영국의 주간지 「가톨릭 헤럴드」였다. 「가톨릭 헤럴드」는 영국은 물론 해외에도 보내지는 영향력 있는 신문이다.

2011년 2월 25일 「가톨릭 헤럴드」의 1면 상단에는 이런 문구가 적혀 있다. '한 번도 들어보지 못한 21세기의 성인'. 그리고 4면 전체를 한글 영화 포스터와 함께 〈울지마 톤즈〉 관련 내용으로 채웠다. 신문은 이태석 신부의 감동적인 삶과 한국 내의 반응을 자세하게 소개했다.

런던에 있는 신문사를 찾아갔다. 편집국 기자들의 반응은 〈울지마 톤즈〉의 위력을 새삼 실감케 했다. 유명한 감독이 왔다며 모두 나와 인사를 했고 다음 주 신문에 싣겠다며 인터뷰도 했다. 편집국장에게 기사를 쓰게 된 이유를 들어봤다.

처음부터 알고 쓴 것은 아니었다. 동남아 지역의 인터넷 사이트에서 우연히 〈울지마 톤즈〉 기사를 보게 되었는데 다행히 영어였다고 한다. 아주 훌륭한 분이라고 생각했는데 불교계까지 감동했다는 기사를 보고 더욱 큰 관심을 가지게 되었다고 했다. 유럽에서 다른 종교를 칭송하는 일은 매우 드물다. 루크 코펜 편집국장은 인터넷에 올라 있던 한글판 DVD를 보았다고 했다. 내레이션이 한국어라서 무슨 뜻인지 전부 이해할 순 없었지만 화면을 보는 것만으로도 진한 감동을 느꼈다고 한다.

"가장 인상적인 장면은 수단 학생들이 이 신부의 생전 모습을 보고 서럽게 우는 장면이었어요. 신부님이 아이들에게 얼마나 중요한 사람이었는지 알게 되었죠. 그 장면을 볼 때 눈물이 났습니다."

편집국장은 자신이 받았던 감동을 독자들에게 알리고 싶어 메리 기자에게 취재를 지시했다. 그녀 역시 DVD를 보고 충격을 받았다고 했다. 내용을 정확히 알아야 한다고 판단한 메리 기자는 한국인 친구를 찾아 통역을 부탁했다. 그리고 런던에 있는 한국 성당에서 DVD를 상영했다는 이야기를 듣게 되었다. 메리 기자는 영화를 본 한 사람 한 사람에게 전화를 걸어 반응을 취재했다. 메리 기자는 사람들이 영화의 한 장면 한 장면을 마음에 새기고 있는 것을 보고 무척 놀랐다고 했다.

유럽은 요즘 가톨릭 성직자의 각종 성 추문 사건 때문에 시끄럽다. 아동 성추행 학대 동성애, 심지어는 학대를 감추기 위해 피해 어린이에게 침묵을 강요한 사실까지 드러나 충격을 주고 있다. 추문은 가톨릭에 대한 반감으로 나타났다. 성직자들의 성 추문에 실망한 신자들이 교회를 떠나는가 하면, 지난 9월 교황 베네딕토 16세는 처음으로 모국 독일을 찾았다가 냉랭한 비판과 반대 시위에 직면하는 곤혹스러운 일까지 당했다.

영국에서 이태석 신부의 삶을 보고 감동을 느끼는 것은 당연한 결과였다. 이 신부를 통해 자신들이 믿고 의지하고 싶은 성직자의 참모습을 보았기 때문이다. 루크 코펜 편집국장은 이 신부가 앞으로 성인이 될 것을 믿어 의심치 않기 때문에 기사에 21세기의 성인이라는 표현을 썼다고 했다.

"가톨릭에서는 성스러운 성직자가 절대적으로 필요합니다. 신부님의 삶은 수많은 신부에게 많은 영감을 줄 것입니다. 신부님은 언젠가 성인으로 추대될 것입니다. 그분은 성스러운 성직자의 위대한 본보기입니다."
 ‒ 루크 코펜 편집국장

「가톨릭 헤럴드」의 보도는 영국에 이태석 신부를 알리는 계기가 되었다. 영국 로이터통신 전 회장의 미망인 로더미어 여사도 그중 한 사람이다. 그녀는 지난해 소록도 한센인을 위해 가수 조용필 씨와 런던 필하모니아 오케스트라의 합동 공연을 마련한 주인공이기도 하다. 로더미어 여사 역시 기사를 본 후 이태석 신부를 알게 되었다. 그녀가 영화를 꼭 보고 싶다는 부탁을 해와 우리는 DVD를 보내주었다. 로더미어 여사는 그 후 한국을 방문해 이태석 신부 어머니와 가족을 만나 위로했고 내년에 영국에서 추모음악회를 열겠다고 약속했다.

〈울지마 톤즈〉의 북측 전달에 중요한 역할을 했던 알톤 경을 찾아갔다. 영국 의회는 템스강 강가에 있는 웨스트민스터사원에 있다. 의회는 사전 허가 없이 출입할 수 없었다. 알톤 경의 비서가 정문까지 나와 동행해 줘 안으로 들어갈 수 있었다.

알톤 경은 상원의원답지 않게 겸손하고 친절했다. 그의 집무실은 조그마한 사무실에 책상이 6개 있었다. 놀라운 것은 3명의 의원과 비서가 그 공간을 함께 사용한다는 것이었다. 우리 의원회관과 비교해 보면 비좁다 비좁은 공간이었다. 불편함이 없는지 묻자 미국 의회보다 더 열심히 일한다며 웃었다. 알톤 경과 인터뷰를 하고 있는데 문을 열고 들어오는 사람이 있다. 사무실을 함께 쓰고 있는 동료 의원이었다. 알톤 경은 그에게 불편을 줘 미안하다고 했다.

인터뷰는 다른 곳에서 계속됐다. 알톤 경은 최태복 의장 방문 당시 찍은 사진을 처음으로 공개했다. 〈울지마 톤즈〉 DVD는 4박 5일의 비공식 방문 마지막 날 전달했다.

"나는 북한 대표단을 당황하게 만들고 비판하려는 의도에서 전달한 것이 아닙니다. 〈울지마 톤즈〉를 통해 감명받고 같은 한국인에 대한 자부심을 느꼈으면 하는 바람과 불쌍한 사람들을 위해 생명을 바친 한 인물의 삶을 보고 감동받기를 희망했습니다. 힘으로 대결하는 것을 사랑의 힘으로 할 수 있다면 이 세상을 근본적으로 변화시키고 바꿀 수 있다고 확신합니다. 이태석 신부님의 삶은 바로 그것이 가능하다는 것을 보여주고 있습니다."

– 알톤 경 인터뷰 中

알톤 경은 최태복 의장이 DVD를 받을 때 매우 진지한 표정이었고 특별한 질문은 없었지만 DVD를 전달하는 의미를 알고 있는 것 같았다고 했다. 그 자리에 함께 있었던 콕스 의원도 같은 의견이었다.

"굉장히 중요하고 상징적인 선물이었습니다. 분명히 봤을 겁니다. 최 의장도 주는 의미를 알고 있었기 때문에 볼 거라고 생각합니다. 이 영화를 보면 감동을 받을 겁니다. 정치적 이념을 초월하니까요."

– 콕스 의원

알톤 경과 콕스 의원에게 영문 DVD를 선물했다. 두 사람 모두 이태석 신부의 삶을 정확하게 이해할 수 있는 기회를 가지게 되었다며 무척 좋아했다. 알톤 경은 영국 상원에서 〈울지마 톤즈〉 상영을 추진하겠다고 약속했다. 또한 대학 강의 때 교재로 사용해 이태석 신부의 정신을 알리도록 하겠다며 이태석 전도사를 자처했다. 알톤 경은 10월 북한을 방문한다. 그는 북한에서 DVD를 보았는지 결과를 알려주겠다며 웃었다.

솔직히 처음의 관심은 북한에 DVD를 보냈다는 것에 있었다. 그러나 영국 취재를 하면서 더욱 중요한 것을 확인하게 되었다. 이태석 신부의 사랑과 헌신의 정신이 인종·문화·국경을 초월하고 있었다는 사실이다. 만나는 사람마다 감탄과 감동을 넘어 존경의 마음을 표했다. 영문으로 번역된 DVD를 선물하자 자신들의 우상을 만난 듯 기뻐하며 DVD에 입맞춤을 했다. 4박 5일의 짧은 출장이었지만 이번처럼 대한민국 국민이라는 사실이 자랑스러웠던 적은 없었다.

'유럽 휩쓴 K-POP 열풍', '유럽 대륙 사로잡은 K-POP 종결자'. 최근 한류열풍과 관련해 언론에서 보도한 기사 제목이다. 대단한 일이다. 6·25 전쟁 때 원조를 받았던 나라가 유럽인들을 휘어잡고 있으니 말이다. 그러나 유행은 세상이 바뀌면 사라지는 법이다. K-POP 열풍이 불고 있는 런던 템스강 강가에서 이태석 신부를 생각했다. 한국 가수처럼 많은 언론의 주목을 받진 못했지만 그를 만난 영국 사람들은 그를 영원히 기억하고 그리워할 것이라고 했다. 이것이 대한민국을 세계 속에 알리는 진정한 신한류이다.

알톤 상원의원과의 인터뷰

구수환 〈울지마 톤즈〉에서 가장 감동을 받은 장면은 무엇입니까?

알톤 본인이 심각하게 아프다는 것을 알면서도 다시 톤즈로 돌아가서 일을 계속하고자 했던 부분입니다. 종교를 떠나서, 존경스러운 사람입니다. 한센병 환자와 함께 있는 장면도 감동이었습니다. 이 신부를 보면서 슈바이처 박사가 떠올랐습니다. 슈바이처는 아프리카 사람들에 대해 약간의 우월감을 가지고 있었지만 신부님은 그렇지 않았습니다.

구수환 한국에서 아프리카를 도와야 한다는 움직임이 많습니다. 가장 필요한 도움이 무엇이라고 생각합니까?

알톤 중국에 이런 속담이 있지요. '1년 동안 식물을 기르고 싶으면 씨를 심고, 10년간 기르고 싶으면 나무를 심고, 100년 동안 기르고 싶다면 교육을 시켜라.' 저는 교육이야말로 미래를 향한 열쇠라고 생각합니다. 이태석 신부의 삶이 말해주고 있습니다. 학교 짓는 데 도움을 주었으면 합니다.

구수환 〈울지마 톤즈〉DVD를 북한에 왜 전달하려고 했습니까?

알톤 최태복 최고인민회의 의장과 일행에게 DVD를 전달했을 때, 우선적인 희망은 그들이 영화를 보는 것이었습니다. 이 위대한 한국인의 삶을 보고 그들이 감명받기를 바라는 마음이었죠. 두 번째로, 북한에 이 DVD를 가져가기를 원했습니다. 김정일이 영화를 매우 좋아한다는 것은 잘 알려져 있죠. 김정일 위원장과 주변 사람들이 이 영화를 보기 위해 복사를 했을지도 모르죠. 이 영화를 본다면 그들도 저처럼 감명받을 것이라고 확신합니다. 이 영화는 세계를 위한 좋은 선물이었습니다. 이 영화를 만드는 데 참여한 모든 사람들이 크게 축하받고 감사받아야 한다고 생각합니다.

절대 포기하지 말고
자신 있게 하라

이태석 신부가 선종하기 한 달 전 찍은 사진이 있다. 비쩍 마른 얼굴은 새카맣게 타들어 갔지만 그는 무척 행복해 보였다. 사진 속의 이태석 신부 양쪽에 검은 얼굴의 아이들이 있다. 태어나서 처음으로 입어보는 겨울 점퍼에 어안이 벙벙한 모습이다. 톤즈에서 한국으로 유학하러 온 학생들이다. 이 신부는 평소 아이들을 한국에 보내려고 했다. 새로운 세상을 보여주는 것만으로도 좋은 체험이 될 거라고 생각했던 것이다. 병세가 악화되자 지인들이 이런 마음을 알고 학생 2명을 급하게 데려왔다.

이태석 신부가 유난히도 칭찬을 많이 했던 아이는 스물넷의 존 마엔 루벤과 스물다섯의 토마스 타반 아콧이다. 보통 때는 세례명인 '존'과 '토마스'라고 불린다. 이 신부는 심신이 힘든 고통 속에서도 두 사람을 보고 무척 기뻐했다. 존 마엔은 그날을 또렷하게 기억하고 있었다.

"신부님은 굉장히 쇠약해진 상태여서 말씀도 제대로 못 하실 때가 있었지만 이제 한국에 왔으니까 한국의 상황에 익숙해지고 신중하게 처신하라고 하시면서 항상 다른 사람을 존중하기 위해 노력하고 행복해지도록 노력하라고 말씀하셨습니다."

– 존 마엔

이 신부는 두 사람이 온 지, 채 한 달도 안 돼 세상을 떠났다. 한국에 도착한 제자들은 지방에 있는 대학에서 어학연수를 받다가 연세대 어학당으로 옮겨 한글 공부를 시작했다. 쉬운 일은 아니지만 열심히 배웠다. 지난해 2월 5일 동장군의 기세가 매섭게 몰아치던 날, 수업 중인 강의실을 찾아갔다.

"안녕하세요. 저는 수단에서 왔습니다. 한국 날씨는 매우 추워요."

어눌한 말투가 귀엽게 느껴졌지만 이 신부의 분신이라고 생각하니 다른 느낌이 전해졌다. 두 사람은 섭씨 50도의 불볕더위에서 살았다. 생전 처음 겪어보는 영하의 날씨에 움츠러들만도 하건만 배

움의 열기는 추위조차 녹이고 있었다. 빽빽이 들어선 빌딩, 거리를 메운 자동차와 사람들, 그들에겐 모든 것이 충격이었을 것이다. 그러나 이 도시엔 신부님이 없다. 그들은 스스로 살아남아야 했다.

톤즈로 떠나기 열흘 전, 기숙사를 찾아갔다. 키가 작은 토마스는 운 좋게 2인용 방을 혼자 쓰고 있다. 침대와 책상이 놓인 방엔 개인 화장실도 있다. 톤즈의 기숙사와 비교하면 특급호텔 수준이다. 옷장에는 겨울옷이 촘촘히 걸려 있다. 여행 가방을 열어보니 어머니가 옷감을 사서 손수 지은 침대 시트가 보였다. 노란 천에 꽃무늬 모양의 수를 놓았다. 사람을 지켜준다는 톤즈 사람들의 풍습이다. 토마스는 가족들이 보고 싶을 땐 이것을 보고 그리움을 달랜다.

"어머니가 너무 보고 싶어요. 아버지는 일하러 다니느라 같이 있는 시간이 없었습니다. 어머니가 혼자서 모든 것을 챙겨주었습니다. 학교도 데려다주시고 학비도 내주시고 용돈도 주었어요. 어머니를 가장 만나고 싶습니다."

토마스는 이태석 신부에게 친아버지의 사랑을 느꼈다. 공부와 음악은 물론 행동하는 것까지 친자식처럼 돌봐주었기 때문이다. 그래서 하늘나라에 있는 이 신부에게 편지를 썼다.

"신부님은 톤즈 사람을 위해 태어나신 것 같습니다. 하느님이 내려

보내 주신 선물입니다."

토마스는 이제 자신이 그 사랑에 보답하겠다고 약속했다.

"이곳에서 공부해 의공학 엔지니어가 되고 싶습니다. 수단에는 전쟁으로 팔다리가 하나밖에 없는 사람들이 많습니다. 그들에게 인공 팔, 인공 다리, 인공 손을 만들어 주고 싶습니다."

이태석 신부가 톤즈에 있을 때 천재라고 부른 아이가 있다. 존 마엔이다. 키가 190센티미터 정도 돼 보이는 훤칠한 모습이다. 존은 영락없는 딩카족이다. 성격도 활발하다. 이 신부는 존 마엔을 "바보야"라고 불렀다. 사람을 놀리는 별명 같지만 실은 '우리 귀여운 아기'라는 뜻의 딩카어이다.

존 마엔은 열세 살 때 이태석 신부를 만났다. 존은 유난히 똑똑했다. 기타, 드럼, 클라리넷 등 존은 스펀지가 물을 빨아들이듯 가르치는 모인 것을 흡수했다. 영화 〈울지마 톤즈〉에도 존이 드럼을 치는 이 신부와 호흡을 맞춰 기타를 연주하는 모습이 나온다. 타고난 재능을 확인한 이태석 신부는 존에게 많은 것을 가르치고 보여주었다. 존은 그런 신부님을 자신의 전부라고 생각했다. 존이 자신의 페이스북을 보여주었다. 이 신부의 사진과 함께 '신부님, 감사합니다'라는 글이 적혀 있었다. 항상 격려해 주고 인생에서 성공할 수 있다고 진심으로 믿어준 유일한 분에 대한 최소한의 예의라고 했다.

"한국에 왔을 때 너무나 쇠약해진 모습을 보고 많이 울었습니다. 살아계실 때도 울었고 돌아가셨을 때도 울었습니다."
– 존 마엔

존 마엔의 서울 생활을 카메라에 담았다. 멀리 떠난 아들 때문에 노심초사하고 있을 어머니가 생각났기 때문이다. 존에게는 아버지와 어머니, 그리고 여동생이 있다. 아버지는 북수단에 있기 때문에 어머니가 가장 역할을 하고 있다.

톤즈에 도착해 존의 집을 찾아갔다. 움막으로 지은 방이 4개나 되고 개인용 침대에 라디오도 있다. 톤즈에서는 형편이 좋은 집이다. 어머니와 여동생은 한국에서 아들 소식을 가져왔다는 이야기를 듣고 너무 반가워했다. 노트북의 화면에 한국어 수업을 받고 있는 존이 보이자 모녀는 "바보야"라며 손뼉을 쳤다. 얼마 만에 보는 얼굴인가! 어머니가 화면 속의 아들을 만졌다. 어머니는 대견한 아들이 무척 보고 싶었다. 아들이 어머니에게 인사를 한다. 어머니의 눈가가 촉촉해졌다. 그리고 하염없이 눈물을 흘렸다.

"항상 아들을 생각했어요. 이렇게 오래 떨어져 있은 적이 없거든요. 밤에 잘 때도 생각나고 밥 먹을 때도 마찬가집니다. 아픈 데는 없는지, 행복한지. 한번은 위성 전화를 했는데 한국에서 젓가락 쓰는 걸 어렵게 배웠다고 했어요. 오늘 아들을 보니까 더 멋있어진 것 같아 기뻐요. 여기 있을 때보다 훨씬 건강하고 늠름해진 것 같아요."

존의 어머니는 톤즈 병원에서 10년 동안 간호사로 일했다. 콜레라가 마을을 휩쓸고 갔을 때, 목숨을 두려워하지 않고 주민들을 돌보던 이태석 신부의 모습을 어머니는 지금도 생생히 기억한다. 집에 불이 나 절망하고 있는 자신을 찾아와서는 집을 지으라며 손에 돈을 쥐어주던 기억은 평생 잊을 수 없다.

"신부님이 돌아가셨다는 소식을 듣고 너무나 슬펐습니다. 검은 옷을 입고 24일 동안 미사를 드리고 40일 동안 그 옷을 입었어요. 신부님이 베풀어 준 사랑에 대한 우리들의 슬픈 마음을 전하기 위해서입니다."

지난 1년 동안 존 마엔과 토마스를 다섯 번 만났다. 빠르게 적응하고 있음을 느꼈다. 그 중심에 두 사람을 아들처럼 돌봐준 사람이 있다. 이태석 신부와 의형제처럼 지내온 박진홍 신부이다. 박 신부는 대전 교구에서 청소년 사목활동을 하고 있다.

오갈 데 없는 두 사람에게 가장 힘든 시간은 주말이다. 한국어가 서툰 데다 지리도 어두워 밖에 다닐 용기를 내기가 쉽지 않다. 그래서 둘은 금요일 오후만 되면 고속버스를 타고 박 신부를 만나러 대

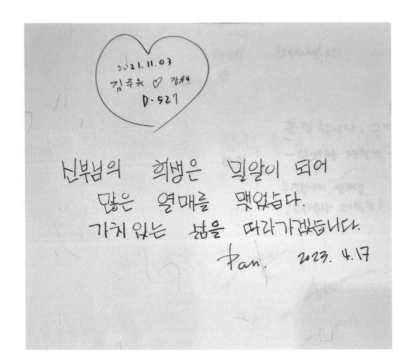

† 이태석 강연 후 고등학생 소감문.

전으로 내려갔다. 한국말과 문화를 빨리 배우고 싶은 아이들에게 박 신부는 친구 같은 보호자이자 멘토였다. 슈퍼에서 물건도 사보고 도심에 나가 젊은이들의 유행도 만끽했다. 이제는 한국 음식도 좋아하고 김치도 먹을 줄 안다. 아이들은 박 신부를 아버지나 형님처럼 따랐다.

한번은 전남 담양에 있는 이태석 신부의 묘지를 다녀온 후, 마음이 찡해 아이들을 만나러 대전에 갔다. 아이들에게 선물을 하고 싶은데 무엇을 해줬으면 좋겠냐고 박진홍 신부에게 묻자, 봄옷이 필요하다고 했다. 아이들을 데리고 백화점에 갔다. 마음에 드는 옷을 고르라고 하자 굉장히 부담스러워하는 눈치였다. 손을 끌고 옷 가게로 들어갔다. 옆에 있던 박 신부의 허락이 떨어지자 옷을 집었다.

지난 6월 봄 학기 마지막 날, 존과 토마스를 다시 만났다. 둘은 한국어 실력도 부쩍 늘었다. 구내매점 주인아주머니와 농담하며 물건을 살 정도였다. 수업하는 모습을 뒤에서 지켜보았다. 1년 전과는 정말 판이했다. 한국어 학습은 6단계로 이루어져 있다. 존은 5단계, 토마스는 4단계이다.

존의 학급 50여 명의 학생 중 아프리카 출신은 존이 유일하다. 대부분 일본과 중국 학생이다. 옆에 있는 친구들이 카메라가 왜 왔냐고 묻자 한국방송에서 자신을 찍으러 왔다며 웃었다. 고사성어를 맞추는 수업이 진행되었다.

문제 선생님의 꿈은 미스코리아가 되는 것이다.

정답 과대망상!

하나를 맞출 때마다 스스로가 대견한 듯 박수를 치며 깔깔대고 웃었다. 이번에는 존이 손을 들고 말했다. "사공이 많으면 배가 산으로 간다." 답을 맞추며 아이들이 다시 웃기 시작했다.

1학기 수업이 끝났다. 이들에게 방학은 그저 후련함이 아니다. 앞으로 무엇을 해야 할지 고민해야 하는 시간이다. 존 마엔의 꿈은 의사이다. 어릴 때 이태석 신부를 보면서 의사가 얼마나 중요한지 깨달았다. 지금은 인제대 의대에서 한 학기 청강을 한 후, 최종 진로를 결정할 예정이다. 지난해 크리스마스에 톤즈에서 또 1명의 학생이 한국에 왔다. 이태석을 꿈꾸는 후계자가 이제 3명이다.

선종 이틀 전, 이태석 신부가 위독하다는 소식을 듣고 박진홍 신부가 달려갔다. 눈을 뜨고 있는 것조차도 힘들어 보였다. 박 신부를 보자 곁을 지키고 있던 막내 누나에게 일으켜달라는 표정을 지었다. 잠시 침묵이 흘렀다. 박 신부가 이 신부를 향해 약속했다.

"형! 존 마엔과 토마스를 끝까지 책임질 테니 걱정 마세요."

갑자기 이 신부의 얼굴 표정이 밝아졌다. 그리고 곧바로 의식을 잃었다. 이 신부는 다음날 세상을 떠났다.

존 마엔과의 인터뷰

존 어려움이 있을 때마다 신부님은 절대 포기하지 말고 자신 있게 하라는 말씀을 해주셨어요. 그리고 항상 우리와 함께 있었어요. 다른 사람을 도와주는 것이 얼마나 행복한 것인지 신부님을 통해 알게 되었어요.

구수환 아이들이 왜 신부님을 잘 따랐다고 생각하나요?

존 처음엔 어떤 분인지 잘 몰랐어요. 솔직히 한센병 환자나 아픈 사람을 보면 거부감이 있잖아요. 그런데 신부님이 그 사람들과 친구처럼 지내는 걸 보고 참 훌륭한 분이라는 생각이 들었어요. 신부님이 공부를 열심히 하라고 한 것은 내 자신의 성공만이 아니라 다른 사람에게도 좋은 일을 하라는 의미가 담겨 있다고 생각해요. 그래야 우리 삶의 질도 더 좋아질 수 있잖아요.

구수환 신부님은 어떤 리더라고 생각해요?

존 신부님은 아주 긍정적인 리더십을 보여줬어요. 다른 사람에게 시키는 것보다 항상 본인이 먼저 하셨어요. 그리고 사람들의 말을 잘 들으셨어요. 신부님은 어렵게 사는 사람을 보고 그곳에 다시 오셨잖아요. 이런 용감한 분을 찾는 것은 정말 어렵다고 생각해요.

4부

감사하며 섬기는 마음

자신이 보살핀 사람들에게
오히려 감사했다

영화가 유명세를 타자 방송국 후배 기자가 9시 뉴스에 내보낸다며 인터뷰를 부탁했다. 막상 승낙을 해놓고 보니 걱정이 됐다. 인터뷰가 방송되는 시간은 15초를 넘기지 않을 터이다. 그 짧은 시간에 이태석 신부의 삶을 정리할 자신이 없었다. 걱정은 현실로 나타났다.

"영화를 통해 무엇을 이야기하려고 했습니까?"

엔지(NG)를 계속 냈다. 정말 어렵게 인터뷰를 끝냈다. 짧은 시간에 자신이 하고 싶은 이야기를 어떻게 말할 것인가? 혼자 고민을 했다. 그때 좋은 기회가 생겼다.

요즘 최고의 인기를 얻는 강연 프로그램이 있다. 좋은 아이디어를 널리 퍼뜨리자는 뜻의 '테드'(TED)이다. 강연 시간은 '18분'. 자신이 전하고 싶은 이야기의 요점을 정리해서 핵심만을 말해야 한다. 미국에서는 빌게이츠, 스티븐 호킹, 스티브 잡스, 클린턴 등 각 분야의 최고 전문가가 참여해 선풍적인 인기를 얻고 있다.

국내에도 테드 강연이 시작되었다. 지난해 11월 테드엑스(TEDx) 서울에서 연락이 왔다. 연사 선정을 위해 내부 회의를 거친 결과 〈울지마 톤즈〉가 선정돼 강사로 모시고 싶다는 것이었다. 과연 18분 동안 무엇을 말해야 할지 고민이 돼 망설였다. 그러나 그것도 또 다른 도전과 경험이라는 생각이 들었다.

혼자서 영화를 10여 차례 보았다. 이태석 신부의 어록도 꼼꼼히 다시 읽었다. 먼저 글로 정리하면서 지우고 다시 쓰고를 반복했다. 분량이 많아 줄이고 또 줄이는 작업을 반복해야 했다. 석사 논문을 쓸 때보다 더 힘들었다. 마침내 18분짜리 원고가 완성됐다. 스스로에게도 놀라움이었다. 내가 20여 년 동안 무엇을 향해 뛰어왔는지 보였다. 그리고 이태석 신부의 삶이 내가 추구하던 것들의 종착역이라는 것을 깨달았다.

인터넷을 통해 판매된 입장권은 1분 30초 만에 마감됐다. 대부분 직장인과 대학생이었다. 12명의 연사 중, 나는 맨 마지막이었다. 강연은 오후 5시에 시작됐지만 내가 무대에 올라갔을 때는 이미 밤 9시 반이었다. 걱정스러운 마음에 왜 내가 마지막이 되었느냐고 묻자 〈울지마 톤즈〉가 오늘의 하이라이트라고 했다. 400명의 사람 앞에 섰다. 객석의 사람들에게 이태석 신부를 이야기했다. 사람들의 얼굴에 눈물이 보였다. 순간 힘이 났다. 그리고 나도 모르게 외쳤다. 그것은 '이태석 리더십'이었다.

매주 텔레비전에는 새로운 아이템의 프로그램이 홍수처럼 쏟아진다. 이전의 프로그램은 잊히기 마련이다. 그건 방송이 끝난 후 지속적인 관심을 쏟지 않는 프로듀서의 탓일 수도 있다. 그러나 세상엔 잊히지 말아야 할 것이 있다. 〈울지마 톤즈〉를 영화로 만들 때 많은 관객을 기대하지 않았다. 그렇게 많은 사람의 눈가를 적실 거라는 생각도 하지 못했다. 그러나 게시판과 트위터에는 감상 후기가 쏟아졌다.

그냥 다큐인데 눈물을 쏟았다고 했고 자신을 책망했다고 했다. 눈물이 말라버린 줄 알았는데, 자신도 모르게 눈물을 흘렸다고도 했다. 남녀노소, 종교와 이념을 초월해 모두 울었다. 생각해 보았다. 이 눈물의 의미는 무엇일까? 살기 퍽퍽한 세상에 희망을 주고 따스한 손길을 내밀어 주는 그런 사람이 그리웠던 건 아닐까? 관객을 넘어 이 시대의 사람들이 무엇을 바라는지 어렴풋이 알 것 같았다. 사람들의 목소리에는 그것이 담겨 있었다.

"목사들끼리 치고받고 싸웠다. 울지마 톤즈 이태석 신부! 비록 종교는 조금 다르지만 어쩌면 그렇게 예수님을 닮았을까 존경스럽다."

"설 연휴 기간 동안 '정치스캔들'이 있었다. 이태석 신부처럼 땅끝에서부터 겸손하고 '내 탓이오'라는 자세를 가져라."

사람들은 떳떳하게 말한다. 위선을 벗어던지라고 세상에 외친다. 세상에 소리치게 한 사람, 뜨거운 눈물과 감동으로 우리 시대 누가 필요한지를 일깨운 사람, 그가 바로 이태석 신부였다. 관객 동원에 성공했다고 좋아만 할 때가 아니었다. 변화를 요구하는 목소리를 하나로 모을 수 있는 방법이 무엇인지 찾기 시작했다. 리더십과 관련된 권위 있는 책을 읽으면서 이태석 신부의 삶을 비교했다. 그리고 또 한 번 충격을 받는다. 그 많은 책들과 전문가들이 말하는 리더의 역할과 모습, 그것을 〈울지마 톤즈〉의 이태석 신부는 그대로 보여주고 있었다.

나는 이태석 신부가 가진 리더의 모습을 하나하나 정리해 보았다. 첫째, 이태석 신부는 아프리카의 가난한 사람들을 위해 헌신하면서도 자신의 모습을 드러내고자 하지 않았다. 둘째, 이 신부는 아프리카에서 많은 사람에게 아낌없이 나누어주면서도 군림하지 않았다. 셋째, 주민들의 눈높이에 맞추어 그들의 이야기를 들었다. 이태석 신부는 주민들의 말을 듣고 이해하기 위해 현지어인 딩카어까지 배웠다. 마지막으로 이태석 신부는 기존의 리더십과는 다른 모습을 보여주었다. 이 신부는 자신이 보살핀 사람들에게 오히려 감사했다. 자신이 많은 것을 배웠다며 그들을 섬겼다.

'이태석 리더십'에는 거창한 구호가 없다. 말보다는 실천이었다. 헌신과 겸손 그리고 진정성, 이것이 톤즈의 기적을 만든 것이다. 솔직히 처음에는 이태석 신부의 삶을 리더십으로 해석하는 것에 대해 많은 고민을 했다. 그러나 지금 대한민국은 어떠한가? 날로 커지는 빈부격차, 극단을 치닫는 이념 갈등, 사람들에게 팽배해 있는 정치에 대한 불신, 게다가 미래에 대한 불확실이 대한민국을 휘감고 있다.

이태석 신부의 사랑과 헌신의 정신을 되새긴다면 갈등의 대한민국을 조금이라도 치유할 수 있지 않을까? 정치권력이 이태석 신부와 같은 마음으로 국민을 섬긴다면 지금처럼 불신을 받을까? 기업주가 이런 자세로 회사를 경영한다면 노사의 갈등이 지금처럼 깊어질까? 학교와 가정도 마찬가지였다. 바로 관객들의 눈물 속에 이런 요구가 담겨 있다고 생각했다. 그동안 나는 항상 현장에 있었다. 치열한 현장을 목도했던 나는 그것을 더욱 절실히 느낄 수 있었다. 단지 한 사제의 감동적인 이야기로 바라보기에는 그의 삶이 너무나 컸다. 그래서 이렇게 만들어 불렀다. 이것이 '이태석 리더십'이다.

회사의 사회공헌사업 일환으로 강연을 다녔다. 대학, 기업, 지방자치단체, 시민단체, 경찰과 군부대, 부르는 곳은 모두 달려갔다. 틈틈이 프로그램까지 제작하다 보니 눈코 뜰 새가 없었다. 고생을 사서 한 이유는 하나이다. 나는 '이태석 리더십'을 알리고 싶었다.

'이태석 리더십'에 대한 청중들의 반응이 무척 궁금했다. 리더십 이야기가 뜬금없다거나 감독의 주관적인 생각이라면 무어라 대답해야 할까 여간 걱정이 아니었다. 그런데 대형 화면 속에 나오는 프리젠테이션 내용을 사람들은 노트에 기록하고 사진도 찍었다. 트위터에 글을 남기기도 했다. 입소문이 났는지 다른 곳에서도 강연을 해달라고 요청했다. 개신교와 불교, 보수와 진보 단체에서도 연락이 왔다. 말을 잘하거나 재미있는 강사도 아닌데, 보고 들은 것을 그대로 전할 뿐인데, 왜 이런 반응을 보이는 걸까? 그것은 한 사제의 삶이 타인의 이야기가 아니라 나의 이야기, 우리의 이야기라고 공감했기 때문일 것이다.

육군대학에서 강연 초청이 왔다. 대상은 대대장 진급을 앞둔 소령급 영관장교였다. 500명이 강당을 꽉 채웠다. 30년 전, 강원도 양구의 최전방에서 경험했던 군대 시절 이야기를 먼저 꺼냈다.

"해발 1,300미터가 넘는 고지에서 추위와 외로움에 지쳐 있는 나를 지켜준 것은 대대장의 칭찬과 격려였습니다. 리더는 강하고 똑똑해야 한다는 생각을 바꾸십시오. 강요보다는 병사들이 스스로 따라오도록 만드십시오. 이것이 '이태석 리더십'입니다."

군(軍)은 상명하복의 충성을 강조한다. 어떤 조직보다 더 큰 리더십이 요구되는 조직이다. 그러나 최근 군에서 발생한 자살과 구타 사건은 큰 충격을 주고 있다. 조직 관리의 문제도 드러났다. 안타까운 일이다. 재발 방지를 위해 아무리 엄격한 규칙을 만들고 강하게 책임을 물어도 자식을 잃은 부모들의 통곡은 계속되고 있다. 군대도 사람에 의해 운영이 되고 사람이 사는 곳이다. '이태석 리더십'을 병영 문화에 적용해 보고 싶었다. 모두가 진지한 표정이었다. 며칠 후, 육군대학에서 감사의 편지가 날아왔다. 장교들은 이렇게 말했다.

점심식사를 할 수 없었다. 먹는다는 것이 신부님의 삶에 결례가 될 것 같아 마음이 아프고, 그러한 삶을 동경은 하면서도 실천해 보지 못한 허약한 내 삶을 반성하면서 우리 곁에 진정으로 살아있는 예수님이 계심을 이태석 신부님의 삶을 통해서 다시금 깨달을 수 있는 기회가 되었다.

한 인간에 대한 끝없는 존경의 마음이 어떠한 것인지를 고 이태석 신부님은 우리들에게 던져주고 가셨다. 한없이 감사하다. 감사와 봉사와 헌신을 재발견한 이 영화에 나는 세상이 부여할 수 있는 평점을 거부한다. 어떻게 신부님의 진정성을 숫자로 표현할 수가 있겠는가?

신부님은 과연 무슨 꽃에 비유할 수 있을까? 한 송이 민들레일까? 민들레 홀씨는 지금도 수단 톤즈에서 수없이 다른 꽃이 되어 흩날리고 있을까? 언젠가 군복을 벗게 되면 가장 먼저 수단으로 달려가

† 경찰대 강연.

고 싶다는 소망이 생겼다. 이태석 신부님에 대한 그리움에 목이 타는 하루를 보냈다.

　해군대학, 부사관학교와 공군사관학교에서도 강연을 했다. 지난 5월 강원도 인제에 있는 12사단 신병교육대에서는 훈련병들을 만났다. 사회에서 경험하지 못했던 절제된 생활, 말로만 전해 듣던 고된 훈련, 부모에 대한 그리움으로 모두가 지쳐 보였다. 외부인이 찾아와 혹시 훈련병의 마음을 흔들어 놓는 것은 아닌지 미안하기도 했다. 다행스럽게 훈련병 500명 중 상당수가 입대 전 영화를 보았거나 내용을 알고 있었다. 이태석 신부가 같은 부대 출신이라는 사실에 자부심을 느낀다고도 했다. 강연이 끝나고 훈련병들과 인터뷰를 했다.

"한 사람의 사랑이 아프리카 사람들을 변화시키는 모습을 보면서 내 자신도 그런 능력을 가지고 있다는 자신감을 갖고 군 생활을 하겠습니다. 부모님, 사랑합니다."

"사회생활을 하다 군에 입대하니 불편하고 답답하다는 생각을 했는데, 환경을 탓하기보다 내 자신이 먼저 변해야 한다는 생각을 했습니다."

이태석 신부는 스스로를 리더라고 말한 적이 없다. 자신의 생각을 행동하고 실천했을 뿐이다. 그러나 세상은 그를 생각하며 눈물을 흘리고 그렇게 살겠다고 다짐한다. 리더는 자리가 만들어 주는 것이 아니다. 돈으로 살 수도 없다. 지난 20여 년 동안 시사 고발 프로그램을 통해 대한민국의 수많은 리더를 지켜보았다. 그러나 오늘에서야 진정한 리더를 만났다. 세계적인 리더십 권위자인 하그로브 박사를 찾아가 영문으로 번역된 DVD를 보여주고 이태석 신부를 어떤 리더라고 평가하는지 들어봤다.

"이태석 신부님은 아무런 타이틀 없이도 큰 변화를 만들어 낸 리더

† 군부대 강연.

였습니다. 신부님은 물질적인 것에는 관심이 없었습니다. 그분의 철학은 주고, 주고, 주라는 것입니다. 무작정 떠받들거나 신격화하거나 지나치게 미화해서는 안 됩니다. 그렇게 하면 신부님은 숭배의 대상이 될 뿐 별다른 의미가 없게 됩니다. 각자 자신을 되돌아보고 그분의 삶을 통해 영감과 힘, 능력을 얻기를 바랍니다."

그들의 이야기를 들었다

'권력을 가지고 있기 때문에 위엄이 선다. 리더십을 발휘할 수 있다'
라는 시대착오적인 생각들이 바로 귀를 기울이지 않게 하는 것 같습
니다.

남의 이야기를 듣는 것처럼 힘든 일이 없다. 리더는 더욱 그러하
다. 듣는 것보다 말하는 것에 익숙한 게 리더이다. 리더는 남보다 똑
똑하고 능력 있어 보여야 한다는 사회적 통념 때문이다. 그래서 말
을 안 하면 바보가 된다고 생각한다.

그러나 전문가들이 뽑은 가장 중요한 리더의 조건은 경청(傾聽)이
다. 귀를 기울여 듣는다는 뜻이다. 미국 하버드대 리더십 연구 프로

젝트 책임자를 역임한 하그로브 박사는 "리더는 듣는 것부터 시작하고 '헌신적 경청'으로 상대방에게 집중한다"고 말한다. '자신을 위한 경청'이 아니라 '상대방을 위한 경청'을 강조한 것이다.

2004년 「추적 60분」을 이끄는 책임 프로듀서를 맡은 후 세 차례에 걸쳐 민심을 듣는 프로그램을 제작했다. 17대 대통령 선거로 다사다난했던 2007년 12월, '민심'(民心)이란 두 글자가 크게 쓰인 버스를 타고 한 달 동안 전국을 누볐다. 서민들의 목소리를 듣는다는 의미에서 시내버스를 빌려 '민심 버스'라고 이름을 지었다.

강원도 태백의 지하 900미터 석탄 갱도에서, 홍성 우시장에서, 부산대 교정에서, 칠곡 고속도로 휴게소에서, 창원 포장마차에서, 태안 기름 유출 사고 현장에서, 남원의 들녘에서 2,008명을 만나 그들의 간절한 마음을 카메라에 담았다.

"나라 살림 야무지게, 헛돈 쓰지 말고, 서민들 잘 살게 해주세요."
– 화개장터 상인

"한 달 뼈 빠지게 일해서 타이어 공장, 보험회사, 정유회사만 먹여 살립니다."
– 칠곡 휴게소에서 만난 트럭 기사

"일자리는 늘어났는데, 저희가 요구하는 일자리가 늘어난 것은 아니죠."

– 부산대 학생

"고기를 잡아와도 아무 의미가 없어요. 기름하고 바꾸는 것뿐입니다."

– 구룡포항 어민

"희망이 없다는 거. 꿈이 없다는 것이 가장 무섭죠."
– 남원 농민

당시 '민심 버스'는 가는 곳마다 사람들의 이목을 끌었다. 호기심 가득한 표정으로 '민심 버스'에 올라 이야기도 하고 반가움을 표시하는 시민들도 많았다. 처음에는 낯설어하기도 했고 이야기를 하면 뭐가 달라지냐며 화를 내기도 했다.

탄광에서 만난 광부들의 시선도 처음에는 차가웠다. 900미터 지하 갱도에 직접 내려가 현장을 함께하자 광부들은 비로소 마음의 문을 열었다. 작업이 끝나고 술자리가 이어졌다. 한번 터진 민심은 그칠 줄 몰랐다. 삶의 고단함은 눈물 배인 호소로 이어졌다.

20여 년 동안 사건의 현장을 뛰어다녔다. 취재는 듣는 것으로부터 시작한다. 많이 들을수록 진실에 가까이 다가갈 수 있다. 1년 365일 매일 같이 억울한 이야기를 듣다 보면 내가 저널리스트로서 무

† 강연 후 질문하는 학생.

엇을 해야 하는지 알게 된다. 그들이 필요로 하는 것은 배고픔에 대한 해결이 아니다. 자신들에 대한 관심이다.

2011년 대한민국을 뒤흔든 또 하나의 금융 사고가 터졌다. 이번에는 저축은행이다. IMF 시절의 뼈아픈 경험은 이미 잊혔다. 은행은 서민들의 눈물이 담겨 있는 피 같은 돈을 마음대로 썼고, 감독을 해야 할 공무원은 검은돈을 챙겼다.

지난 6월 부산저축은행을 찾아갔다. 피해자들이 집회 중이었다. 피해자들은 늦은 밤에도 농성장을 떠나지 않았다. 의자에 앉아서 잠을 청하고 신문을 깔아놓은 맨바닥에서 몸을 누이며 그들은 삭혀

지지 않는 분노에 떨고 있었다. 피해자들은 대부분 60~70대의 노인이었다. 무슨 이유 때문에 이 고생을 하고 있는지 알고 있었지만 물을 수밖에 없었다. 사람들은 이구동성으로 '은행에 돈 맡긴 죄밖에 없다'고 대답했다.

할머니와 단둘이 사는 여든둘의 양필환 할아버지는 은행에 전 재산 1억 4,000만 원을 맡겼다. 자식한테 부담 주지 않으려고 닥치는 대로 일해서 모은 돈이었다. 고물 장사에, 손수레를 끌고 다니며 빈병과 박스를 주웠다. 할머니는 파출부도 했다. 먹을 것, 입을 것 참아가며 한 푼, 두 푼 악착같이 모은 돈이었다. 할머니는 이자를 조금 더 준다는 이야기를 믿었다가 이런 일을 당했다며 서럽게 울었다. 할머니에게 그 돈이 얼마나 중요한지 물었다.

"생명이지요. 거짓말 안 하고 생명입니다. 나이 많아서 아무것도 못하면 먹고살려고 해논거니까. 죽는 날까지 먹고 살아야 되는 것 아닙니까. 티끌 모아 태산이라고, 열심히 일한 게 왜 죄가 됩니까? 그분들한테 말 좀 해주이 소. 우리를 살려달라고."

– 이석술 할머니

할아버지는 숨을 제대로 쉴 수 없을 만큼 큰 충격을 받았다. 지푸라기라도 잡는 심정으로 감독기관인 금융위원회를 찾아갔다. 억울함을 호소하려 한 것인데 문전박대를 당했다. 분한 마음에 그 앞에서 지팡이로 땅을 치며 통곡을 했다. 할머니와 할아버지의 팔에 퍼런 멍이 보였다. 금융위원회에 찾아간 날 경찰이 밀쳐내는 과정에서 생겼다고 했다. 할머니는 또 한 번 울었다. 자신들이 피해자인데 왜 범법자 취급을 받느냐는 것이었다.

몇 달째 농성장을 지키고 있는 김옥주 피해자 대책위원장을 만났다. 김 위원장은 은행과 공무원의 비리가 드러나자, 잘나가던 은행이 왜 망했는지 알고 싶어 감독기관에 필요한 자료를 요구했다. 그러나 묵묵부답이었다. 감독기관의 책임자를 만나 이야기하고 싶다고 했지만 대답은 '노'(NO)였다. 그런 사이 소문으로 나돌던 추악한 소문들이 하나씩 사실로 드러났다. 김 위원장은 원인 규명도 중요하지만 피해자의 목소리를 들어주지 않는 정부가 더 원망스럽다고 했다.

"금융위원회 위원장에게 면회 신청을 다섯 번 했습니다. 마지막에는 민원 신청까지도 했습니다. 그래도 대답을 안 해요. 밑에 있는 공무원은 권한이 없어 말을 못한다 하고, 책임 있는 사람 답변을 들어보자고 하면 안 만나주고."

왜 안 만나준다고 생각하는지를 물었다.

"우리와는 말할 필요가 없다는 겁니다. 자기들끼리 해결하겠다는 거죠. 사고가 나면 현장의 목소리를 가장 먼저 들어야 하는 것은 기본입니다. 피해자가 무슨 말을 하고 어떤 상태인지 살펴보는 것은 당연한 건데, 정부는 그거를 아예 안 하겠다는 겁니다. 앉아서 매각 조치하고 자기 맘대로 하겠다는 겁니다. 힘없는 서민이라고 무시한 겁니다."

김 위원장의 분노는 특별한 일이 아니다. 취재를 하다 보면 흔하게 보는 일이고 직접 당하기도 한다. 「추적 60분」 책임 프로듀서였을 때, 보통 하루에 접수되는 제보 건수는 70여 건이나 되었다. 대부분 문제 제기를 할 만큼 하다가 마지막으로 찾아오는 사람들이다. 경제적으로 형편이 되는 사람들은 변호사를 통해 자기 방어권을 충분히 행사하지만 방송국을 찾는 사람들은 돈이 없는 서민들이다. 그래서 사연을 들어보면 더욱 절박하다. 한 보따리의 서류를 풀어놓으면 두세 시간은 보통이다. 때로는 서러워 울기도 한다. 가슴에 묻어두었던 이야기를 모두 털어놓으면, 후련한 듯 손을 잡고 고맙다는 인사를 건넨다. 때로는 자신의 억울함을 강조하기 위해 거짓말을 하는데 이를 믿고 방송을 했다가 명예훼손 혐의로 민형 사상 소송을 당한 경험도 있다. 제보자와 만나면서 나름대로 터득한 것이 있다.

외면이 계속되면 분노가 쌓이고 분노가 깊어지면 불신이 된다. 왜 우리는 듣는 것에 인색할까? 박경철 원장은 권위적인 문화 때문이라고 진단했다.

"권력을 수평적으로 사용했을 땐, '권위와 권능을 휘두를 수 없고 내게 주어진 특권을 포기할 수밖에 없다'라는 무의식이 깔려 있는 것 같아요. 지방 공기업만 가도 수장의 출퇴근 승용차가 도착하면 복도에서부터 엘리베이터까지 직원들이 서서 기다리고 있는 모습을 목격하게 되지요. '권력을 가지고 있기 때문에 위엄이 선다. 리더십을 발휘할 수 있다'라는 시대착오적인 생각들이 바로 귀를 기울이지 않게 하는 것 같습니다."

— 박경철(안동신세계연합클리닉 원장)

10킬로미터나 되는 아침 출근길을 매일 걸어서 다닌다는 독특한 시장이 있다고 해서 찾아갔다. 주인공은 노관규 순천시장이다. 아침 7시 중형차 대신 평상복에 등산화 차림으로 골목길을 누비는 그의 이마에는 땀이 흘렀다. 벌써 1년 6개월이 지났다. 주민들은 매일 같이 집 앞을 지나가는 시장을 붙잡고 불편한 점과 불만을 쏟아냈다. 노 시장은 시민들의 이야기를 듣다 보면 오히려 시 행정의 문제점을 알 수 있어 큰 도움이 된다고 했다. 매일 같이 걷는 것이 힘들지 않은지 묻자, 비서들이 미워 보일 때도 있다며 웃었다.

"날씨가 춥고 눈이나 비가 올 때, 차를 타고 가자고 하면 못 이기는 척 타고 가고 싶은데 같이 걷습니다. 그땐 정말 밉죠."

시장의 출근길 때문에 가장 피곤한 사람은 시청 공무원이다. 현장을 나가보지도 않고 대충 했다가는 혼쭐이 나기 때문이다. 그래서 업무시간에 현장을 다니느라 정신이 없다. 노 시장은 올해 초부터 주민들의 이야기를 듣는 경청을 강화했다. 매주 한 차례 동네를 찾아다니며 주민들과의 대화 시간을 마련한 것이다. 시의 입장을 변명하고 과시하기보다는 주민들의 이야기를 들었다. 처음에는 시큰둥하던 주민들도 속에 담아두었던 답답한 심정을 이야기했다. 노 시장은 그것을 행정에 반영시켰다.

얼마 전 노관규 시장에게서 전화가 왔다.

"어제 주민들과 대화를 하는데 저에게 얼마나 화를 내던지 죽는 줄 알았습니다. 2시간 동안 꼬박 참고 들으니까 물 한 컵을 갖다주면서 하는 말이 뭔 줄 압니까. '시장님, 고생했어요. 이렇게 참고 들어준 사람은 시장님밖에 없네요. 속이 후련합니다.' 그 한마디가 그렇게 좋습디다."

경청은 사람들과 교류하는 것이다. 듣기 위해서는 현장을 찾아가야 한다. 그리고 눈으로 확인해야 한다. 무엇이 필요하고 무슨 문제가 있는지도 모르면서 본질을 말할 수는 없다. 농민들이 어떻게 사는지도 모르면서 농촌 정책을 얘기하고 서민들의 삶이 어떤지도 모르면서 서민 정책을 이야기한다면 불만과 무관심만 불러온다. 경청은 진정성이 담겨 있어야 한다. '쇠귀에 경 읽기'라는 속담이 있듯이 진심으로 걱정하고 알고 싶어 하는 마음이 없으면 의미가 없다. 이태석 신부가 한센인을 찾아갈 때마다 박수를 치며 '쫄리'를 외치던 반가움도 이 신부의 진심을 알고 있었기 때문이다.

선거의 계절이 다가오면 정치인들은 서민의 목소리를 듣는다며 재래시장을 찾는다. 물건도 사주고 손도 잡는다. 이를 놓칠세라 카메라의 조명은 쉬지 않고 터진다. 바쁜 일정 때문에 어쩔 수 없다는 점도 이해는 하지만 중요한 것은 시장 상인들의 반응이다. 자신들의 어려움을 진심으로 들어 주기 위해 왔다고 생각하는 사람은 얼마나 될까?

"정치인과 장관들이 지역을 방문하면 수행원들이 많이 따라옵니다. 배지는 왜 달고 수행원은 왜 많이 데리고 다닙니까? 내가 누구다, 알리고 싶어서 그런 거죠. 혼자 다니면서 물어보고 어려운 사람들 도와주면 저 사람 누굴까, 그럴 것 아닙니까? 나중에 알고 보니까 장관이다, 정치인이다. 이래야 감동을 주는 것 아닌가요? 우리 리더들에게는 감동이 없습니다."

– 인명진 목사

섬기고 싶어 하는 마음

이태석 신부의 삶을 하나의 종교에만 가두어서는 안 된다. 그의 삶이 구현하고 있는 것은 사랑과 헌신이라는 인류의 보편적 가치이다. 인류의 가치를 실천했기에 종교를 떠나 우리는 눈물을 흘리는 것이다.

영웅은 의도적으로 만들어지는 것이 아니다. 만들어서도 안 되고 만들 수도 없다. 그것은 국민들이 더욱 잘 안다. 성직자라고 모두 그런 삶을 사는 것은 아니다. 아무나 아프리카에 가지 않는다. 영화를 보고 부끄럽다며 고백하는 성직자들의 눈물이 그것을 말해주고 있다. 우리가 암울했던 시절 김수환 추기경을 믿고 따랐던 것은 그분의 행동하는 양심을 보며 위로를 받고 희망을 가졌기 때문이다. 포용하고 배려하는 마음이 아쉽다. 어찌 됐든 이 모든 것이 〈울지마 톤즈〉를 통해 이태석 신부가 유명해진 탓일 것이다.

한 사제의 삶에 감동을 느끼는 것이 우리만의 현상인지 확인하고 싶었다. 영어로 번역된 〈울지마 톤즈〉를 가지고 미국 중부도시 인디애나폴리스를 찾아갔다. 시카고에서 비행기로 1시간 거리에 있는 인디애나폴리스는 농산물 가축의 대집산지이다. 그곳에서 다시 차를 타고 30분을 더 가자 옥수수밭과 주택단지가 나왔다. 미국의 전형적인 시골 마을이었다. 2층짜리 건물이 보였다. 이곳이 미국은 물론 전 세계적으로 확산되고 있는 섬김의 리더십(서번트 리더십)의 심장부인 그린리프 센터이다. 센터는 출판과 강연 자료를 지원하며 섬김의 리더십을 확산시키고 있다.

세계적으로 권위 있는 경제 잡지 「포춘」(Fortune)은 2001년, 미국에서 일하기 좋은 직장 100곳을 선정했는데, 절반의 기업이 섬김의 리더십을 경영이념으로 채택하고 있었다. 기업뿐만이 아니다. 하버드대와 매사추세츠 공과대학(MIT) 등 미국의 많은 대학은 오래전부터 섬김의 리더십을 교재로 채택해 왔다. 미래 지도자가 될 학생들에게 섬김의 정신을 가르치고 있는 것이다. 섬김의 리더십은 최근 국내에서도 많은 관심을 받고 있다.

섬김의 리더십은 1970년 미국인 로버트 K. 그린리프(Robert K. Greenlef)가 주창했다. 그는 미국 통신회사 AT&T에서 30여 년간 근

무하면서 서번트 리더십의 중요성을 절감하고 책을 냈다.『리더로서의 서번트』(Servant As Leader)는 100만 부가 팔릴 만큼 폭발적인 인기를 얻었고 미국 사회에 중요한 영향을 미쳤다. 섬김의 리더십은 책임과 권한보다 봉사와 헌신을 핵심으로 한다. 그린리프 센터에서 정리한 섬김의 리더가 가져야 할 조건을 정리하면 다음과 같다.

1. 타인의 요구를 귀 기울여 듣는다.
2. 섬기고 싶어 하는 마음에서 시작한다.
3. 권위와 물질을 탐내지 않는다.
4. 감정을 함께 나누고 받아들인다.
5. '나'보다는 '우리'를 중시한다.

2층 회의실에 켄트키스 소장과 직원 3명이 자리를 함께했다. 사람들은 영화의 주인공이 누구인지 듣기는 했지만 방송사에서 여기까지 찾아온 것을 보면 대단히 유명한 분인 것 같다며 궁금해했다. 영문판 〈울지마 톤즈〉를 보여주었다.

색소폰을 연주하고 열창을 하는 이방인을 신기한 듯 바라본다. 오열하는 어머니의 모습에는 같이 슬퍼한다. 한센인을 치료해 주며 그들의 손을 잡아주는 이태석 신부를 보자 깊은 생각에 잠긴다. 운구행렬이 지나고 환하게 웃는 이 신부의 영정사진이 보이자 눈시울을 붉힌다. 브라스밴드 아이들이 이 신부와 마지막 작별을 한다. 모두가 눈물을 흘린다.

영화를 보는 90분 동안의 모습이 이러했다. 한 사람도 자리를 떠나지 않았다. 한 장면 한 장면 메모를 하며 지켜보는 모습이 너무나 진지했다. 영화가 끝났다. 이구동성으로 섬김의 리더십을 정확하게 보여주는 사례라며 감동했다. 무엇이 섬김의 리더를 보여주는 사례인지 구체적으로 설명해달라고 했다.

"수단에서는 총을 든 군인들이 트럭에 탄 모습을 많이 봅니다. 그런데 브라스밴드가 같은 트럭을 타고 마을을 돌아다니는 것을 보니까 희망을 보는 것 같았습니다. 또 예수님은 교회보다 학교를 먼저 지으셨을 거라는 신부님의 말씀은 삶의 방식을 변화시켜 좀 더 나은 생활을 할 수 있도록 도와주려는 섬김의 정신을 보여주는 것입니다."

  – 코트니 키니스고(코디네이터)

한센인 마을에서 아순다가 이태석 신부의 사진에 입맞춤을 하며 비통해하는 장면도 섬김의 대표적 사례라고 했다. 진정한 사랑을 느끼지 못하면 그런 감정을 보일 수 없다는 것이다. 특히 세상을 떠나 더 이상 만날 수 없다는 걸 알면서도 이 신부의 영혼이 남아 있다고 생각하는 것은 한센인들이 이 신부의 삶에 얼마나 감동하고 있는지를 보여주는 것이라고 했다.

"신부님은 어떤 신앙과 배경을 갖고 있든, 온몸이 상처투성이이고 흉하더라도 그것엔 관심을 갖지 않았습니다. 신부님은 오직 그들의 마음속에 지니고 있는 사랑만을 봤을 뿐입니다. 그 순간부터 영혼은 서로 교감을 했습니다. 사람들이 신부님을 그리워하는 것은 단순한 그리움이 아닌 희망의 리더십에 대한 그리움입니다."

– 코트니 키니스고(코디네이터)

음악을 연주하기에 앞서 아이들에게 착한 마음을 가져야 한다고 가르치는 것도 섬김의 마음이라고 했다. 거기엔 아이들의 미래를 정말 걱정하는 진심이 담겨 있다는 것이다. 이태석 신부는 자신의 존재를 과시하거나 자신이 한 일을 외부에 알리려고 하지 않았다. 어떻게 하면 도움을 줄 수 있을까, 그것만 생각했다. 켄트키스 소장은 바로 그런 생각과 행동이 아프리카 마을에 기적을 가져온 것이고 그것이 가장 중요한 메시지라고 했다. 켄트키스 소장은 이렇게 말한다.

"처음에는 병원, 그다음은 학교, 그다음에는 밴드. 신부님은 지역에 가장 필요한 것이 무엇인지를 파악하고 하나씩 계획을 세워 실행했습니다. 이 과정에서 혼자 하거나 명령을 내린 것이 아니라 항상 주민들을 참여시켜 함께 해결해 나갔습니다. 이것은 주민들에게 '내'가 아닌 '우리'의 문제라는 공감대를 심어주었습니다. 나는 주민들을 진심으로 걱정하고 배려하는 신부님의 이런 모습에 깊은 감명을 받았습니다. 섬김의 리더가 하는 일의 완벽한 예라고 할 수 있습니다."

인터뷰가 끝났다. 영화 DVD를 선물하자 섬김의 리더십을 소개하는 데 아주 좋은 자료가 될 것이라고 좋아했다. 켄트키스 소장은 한국에도 섬김의 리더십이 많이 확산되어 사회적 약자에게는 용기를, 국민에게는 희망을 갖게 해주는 계기가 되길 바란다고 했다.

〈울지마 톤즈〉를 가장 보여주고 싶었던 사람들이 있다. 우리 사회의 리더들이다. 바다 한가운데에서 배가 침몰의 위기를 맞았다. 선장의 말과 행동은 살 수 있다는 희망을 줄 수도 있고 죽을 수밖에 없다는 절망에 빠트릴 수도 있다. 나만 살겠다며 아수라장을 만들면 결국 모두 죽게 되는 비극이 벌어진다.

리더는 희망을 밝혀주는 등불이다. 요즘 '나는 새도 떨어뜨린다는 권력층 인사'들이 고개를 떨구는 모습이 텔레비전 화면에 자주 등장한다. 그들의 변명은 구차하기까지 하다. 충격과 실망으로 힘들어하는 국민에게 진심으로 미안해하고 사과하는 모습은 찾아볼 수 없다. 그런 광경을 5년마다 연례행사처럼 지켜봐야 하는 국민의 마음은 분노를 넘어 무관심에 이르렀다. 무엇 때문일까? 한번 무너진 신뢰를 되돌리려면 먼저 진심으로 반성해야 한다. 국민들은 그것을 안다. 그것이 20여 년간 취재 현장을 통해 확인한 진리이다.

권력은 국민을 위해 사용해야 한다. 개인의 욕심과 욕망을 위해 쓰라고 준 것이 아니다. 이것이 바로 국민을 섬기는 마음이고 지금도 이태석 신부를 그리워하는 이유이다.

켄트키스 나는 이 다큐멘터리를 두 번 봤는데 가장 인상적이었던 건 신부님이 세상을 떠난 후의 눈물이나 슬픔이 아닙니다. 가장 큰 메시지는 신부님이 얼마나 멋지고 기쁜 삶을 살았는가, 우리도 그분처럼 다른 사람을 돕는다면 얼마나 멋지고 기쁜 삶을 살게 될 것인가 하는 점입니다. 마을 사람들은 신부님이 평화를 가져다주기 때문에 성경 속의 하느님과 같다고 했습니다. '나는 여러분에게 뭐가 필요한지 알고 있어요. 나는 여러분이 필요한 걸 얻을 수 있도록 여러분과 함께 일하고 있어요.' 이것이 바로 섬김의 지도자가 하는 일입니다. 섬김의 지도자는 그것을 가능케 하고 조정하고 치료사가 되어 사람들이 필요한 걸 얻을 수 있도록 도와줍니다.

구수환 섬김의 리더십과 일반 리더십의 차이는 무엇입니까?

켄트키스 '나'만을 위한 것과 다른 사람들이 필요한 걸 얻도록 도와줄 기회라고 생각하는 것에는 엄청난 차이가 있습니다. 사람들은 기회만 있으면 내 것만을 생각하고 윗사람에게 잘 보여 승진을 하려고 합니다. 온통 '나', '나'에 관한 것입니다. 이것을 '파워 리더십 모형'이라고 부르는데 아주 작게 사는 방법이죠. 그러나 섬김의 리더는 다릅니다. 사람들이 가장 필요로 하는 것이 무엇이고 누구를 참여시킬지 생각합니다. 피해를 주지 않을지 고민도 합니다. 조직의 목표와 가치에 일치하는지도 판단합니다. 모두 '내'가 아니라 '섬기는 사람'에 관한 겁니다.

구수환 　섬기는 지도자에게 가장 중요한 것은 무엇입니까?

켄트키스 　경청과 겸손입니다. 다른 사람의 말을 듣지 않으면 무엇이 필요한지 무엇을 해야 하는지 전혀 알 수 없습니다. 아무도 원치 않는데 혼자만 옳다고 주장을 하면 무슨 의미가 있겠습니까? 경청은 섬기는 지도자가 되기 위해서 반드시 필요한 요소입니다.

겸손도 매우 중요합니다. 상대방의 이야기에는 나 몰라라 관심을 갖지 않으면서 나만 옳다고 주장하는 것은 지도자의 자세가 아닙니다. 일단, 내가 갖고 있는 지식과 생각을 설명하기에 앞서 당신의 말을 듣게 해달라며 낮은 자세로부터 시작해야 합니다.

구수환 　섬기는 지도자는 어떤 자세를 가져야 합니까?

켄트키스 　모든 사람들이 실수를 인정하는 것은 아닙니다. 그러나 제가 만나본 섬기는 지도자들은 실수를 했을 때, 자신의 잘못을 솔직히 인정하고 이것을 만회하기 위해 뭔가를 기꺼이 하려고 합니다. 이런 모습은 신뢰를 얻게 해줍니다. 정직한 모습으로 마음의 문을 열고 다가가는 것이 꼭 필요합니다.

구수환 　내년에 한국에 중요한 선거가 있습니다. 조언을 부탁합니다.

켄트키스 　정치인, 즉 권력층 인사가 섬기는 지도자인지를 아는 것은 대단히 힘듭니다. 직접 만나기도 어렵고 항상 언론을 통해 전달되는 정보와 자신들의 홍보에 의존하는 한계 때문입니다. 내가 생각하기에 국민들이 진정한 지도자를 원한다는 의사표시를 하고, 섬기는 지도자가 아니면 우리는 당신을 지지할 수 없다는 사실을 명확히 한다면, 섬기는 지도자들이 더 많이 나타날 것이라고 생각합니다.

자꾸만 자꾸만 나눌 것이
더 많이 생겨나는 것 같습니다

2010년 11월 〈울지마 톤즈〉의 LA 상영이 결정됐다. 태평양을 건너 미국까지 진출한 다큐멘터리 영화는 한두 편에 불과하다. 개봉을 앞두고 시사회 기간 동안 감독과의 만남 시간이 마련됐다. 감독으로 초청까지 받게 된 것이다. LA 공항에 교민 세 분이 환영 팻말을 들고 마중을 나왔다. 외국에서 이런 환대는 처음이었다. 모두 이태석 신부를 도왔던 '아프리카 희망 후원회' 임원진이다.

차를 타고 숙소로 이동하는 동안 내내 전화벨이 울렸다. 후원금을 내고 싶다는 전화이다. 20달러, 50달러, 형편 때문에 이 정도밖에 내지 못한다며 아쉬워하는 목소리도 들렸다. 큰돈은 아니지만 남을 돕겠다는 마음이 정겹게 다가왔다. 〈울지마 톤즈〉의 LA 상영에는

'아프리카 희망후원회'의 역할이 컸다. 극장을 찾아갔다. 좌석이 매진이다. 역시 이곳도 울음바다였다. 이국땅에 살고 있는 교민들에게 이태석 신부는 또 다른 울림이었다.

"미국에 이민 와서 어려움과 서러움도 많았는데 한국 사람이라는 것이 너무나 자랑스럽습니다. 정말 기쁩니다."
– LA 교민

극장 입구에 놓여 있는 아프리카 돕기 모금함 앞은 성금을 내려는 교민들로 북적였다. '아프리카 희망후원회'가 만들어진 것은 2008년 이태석 신부의 LA 강연 때문이다. 미국에서 성당을 다니는 교민들은 1년에 한 번 '성령쇄신대회'를 열어 신앙을 다졌다. 행사 기간 동안 지명도가 높고 신앙심이 깊은 강사를 초청했다. 고(故) 김수환 추기경도 초청받았다.

2008년 특별한 강사가 초청되었다. 당시 LA에 있는 토랜스 성당의 주임신부로 있던 이태영 신부는 교민들에게 이태석 신부의 수단 생활을 담은 다큐멘터리 「아프리카에서 찾은 행복」을 보여주었다. 하느님께 청하기만 하던 교회를 행복을 나누는 교회로 만들고 싶었기 때문이다.

영상을 본 교민들은 이태석 신부를 강사로 초청하자고 입을 모았다. 유명인은 아니지만 하느님의 사랑을 실천하는 삶에 감동한 것이다. 그때 이태석 신부의 처음이자 마지막 미국 방문이 이뤄졌다. 이 신부는 허리 통증 때문에 연단에 기대서서 강연을 했다. 톤즈의 실상을 알리기 위해 고통도 참았다. 2,000여 명의 참석자들은 이 신부가 풀어놓는 행복 이야기에 웃고 울었다.

"3년 전에 한국에서 돌아오면서 트럼펫, 트롬본, 색소폰, 플루트, 클라리넷 등 35개 악기를 실어가 밴드를 구성했어요. 왜냐하면 아이들이 소질이 많기 때문에요. 처음엔 적어도 3, 4개월 정도 걸리지 않을까 생각하고 도레미파솔라시도를 악기별로 가르쳤어요. 근데 이틀 정도 되니까 다 불어요. 음계 연습만 해도 한 달 정도 걸릴 줄 알았는데. 그래서 큰일 났다 생각하고 빨리 첫 곡을 만들었어요. 각 분야별로 연습을 했는데 3~4일 만에 끝나요. 그래서 4일 만에 합주를 했어요. 4일 만에. 이건 거짓말이 아닙니다. 그 감격이요. 말로 설명할 수가 없죠."
  - 2008년 LA 성령쇄신대회

이태석 신부가 돌아간 후, 교민들은 후원회를 만들기로 했다. 그러나 한국에서 이 신부의 암 투병 소식이 전해졌다. 이 신부가 아프리카로 돌아가지 않는다면 의미가 없다는 의견도 있었지만 교민들은 이 신부의 정신을 나누는 것이 중요하다고 생각했다. 2009년 1월 17일 '미주 아프리카 희망후원회'가 출범했다. 처음에는 가톨릭 신자 200여 명으로 출발했지만 기독교와 불교 등 종교를 초월한 후원회로 성장했다. 〈울지마 톤즈〉가 알려진 후 회원이 급격히 늘어 미국은 물론 유럽, 호주에 사는 교포들까지 참여하고 있다. 회원도 2,000여 명으로 늘었다. LA에서 회사를 운영하는 회원이 건물의 2층 공간을 내줘 사무실도 갖추었다.

미국 사회의 기부 문화가 몸에 배인 듯 교민들의 후원 참여는 적극적이지만 조용하다. 모금액도 월 1만 달러이던 것이 3만 달러로 늘었다. 수만 달러를 익명으로 기부하는 교민도 있다. 음악회나 미술 전시회, 심지어 시집 출간을 통한 모금 행사도 준비하고 있다. 미국의 경제 침체를 감안하면 놀라운 일이다. 후원금은 남수단을 비롯한 아프리카 지역에 보내져 필요한 사업에 쓰인다.

올해 초 수단에 있던 공 야고보 수사가 LA를 방문했다. 남수단에 학교를 짓기 위한 경비를 마련하기 위해서였다. '아프리카 희망후원회'는 10만 달러를 지원했다. 우리 돈으로 1억이 넘는 큰 액수이다. 임원들은 바쁜 일상에서도 자원봉사를 하며 이태석 신부의 뜻을 이어가고 있다. 지난 10월에는 시카고에서 이태석 신부의 추모 행사도 가졌다. 선종 2주기인 내년 초에는 미국 전역을 순회하는 계획도 세웠다. 천필립 후원회 사무국장이 또 다른 계획을 이메일로 보내왔다.

영화 〈울지마 톤즈〉는 인체의 모세혈관으로 혈액이 공급되듯 미국 사회에 스며들고 있습니다. 10월 7~9일에 시카고에서 영화 상영이 있었는데 극장을 눈물바다로 만들었습니다. 이 신부의 나눔의 정신을 교포 3세 아이들과 미국인에게 알리고 싶습니다. 영어 DVD를 학교, 도서관, 자선단체에 지원할 수 있도록 도와줄 수 있는지요.

이태석 신부가 우리의 가슴속에 오래도록 남아 있는 것은 말이 아닌 행동으로 보여주었기 때문이다. 아이들과 밝게 웃고, 한센인의 손을 잡아 주는 모습은 사람들에게 울림이 되어 퍼져나갔다. 이제 감동이 구체적인 실천으로 나타나고 있다.

올해 초 대학 총장을 그만두고 아프리카 말라위로 봉사를 떠난 사람이 있다. 서울사이버대학의 김수지 총장이다. 경력도 화려하다. 차관급인 대통령 직속의 사회통합위원회 위원, 국내 간호학 박사 1호, 한국의 나이팅게일로 알려진 간호학계의 대모가 바로 김 총장이다. 지난 2월 김 총장이 모든 것을 내려놓고 아프리카 말라위로 떠났다.

말라위는 세계에서 가장 못사는 나라이다. 비가 오지 않아 물도 귀하고 말라리아 때문에 죽는 사람도 많다. 김 총장이 말라위와 인연을 맺은 것은 현지에서 의료 선교 봉사를 하고 있는 후배 간호사의 다급한 요청 때문이었다.

백영심 간호사는 20년 전 아프리카로 떠났다. 말라위에 병원도 짓고 간호대학도 세웠다. 주민들은 그녀를 '한국인 천사'라 불렀다. 그런데 2010년 겨울 갑상선암 판정을 받았다. 병마와 싸우는 그가 모든 것을 혼자 감당할 수는 없었다. 그녀는 김수지 총장에게 대학을 맡아달라고 부탁했다. 칠순의 나이, 질병과 무더위. 쉽게 결정을 내릴 수 없는 상황이었다. 지인들도 위험하다고 말렸다. 그러나 암 투병 중인 후배를 생각하니 못 간다고 할 수도 없는 노릇이었다.

그러던 김 총장은 친구의 권유로 대학로의 한 극장에서 〈울지마 톤즈〉를 보았다. 독실한 기독교 신자인 김 총장은 한 사제의 사랑과 헌신에 하염없이 눈물을 흘렸고 충격을 받았다. 지난 10월 한국에 잠시 들른 김수지 총장을 만났다. 말라위가 처한 어려움을 한국에 알리기 위해 쉴 틈 없이 뛰어다니고 있었다. 김 총장은 영화를 보고 감독을 꼭 한번 만나보고 싶었다며 반가워했다. 건강을 묻자 매일 같이 무공해 음식을 먹다 보니 더 건강해졌다며 웃었다. 김 총장은 10개월 전 〈울지마 톤즈〉를 통해 이태석 신부를 만났을 때, 말라위를 숙명으로 느꼈다고 했다.

"저도 간호사이지만 열악한 환경에서 환자를 돌보고 한센병 환자를 찾아다니며 보살피는 것은 아무나 할 수 있는 것이 아니거든요. 영화를 보는 내내 눈물만 났어요. 가슴이 꽉 막혀 아무 말도 할 수 없었어요. 제 자신이 너무 나 부끄러웠어요. 영화가 끝났는데도 충격 때문에 일어나지 못했어요. 극장 직원이 다음 영화 상영 시간이라고 해서 나왔어요. 영화를 보고 난 후 바로 결정했어요. 하나님의 소명이라고 받아들였죠."

그리고 그녀는 후배의 간청을 고민하지 않고 수락했다. 김 총장은 자신의 행동을 이태석 신부가 수단에서 보여준 사랑과는 비교할 수 없는 작은 것이라며 겸손해했다. 자신도 말라위의 불쌍한 사람들을 진심으로 보살피겠다고 약속했다.

영화를 통해 가장 많이 변한 사람은 감독인 '나' 자신이라고 생각한다. 시사고발 프로그램을 담당하다 보니 매일 같이 만나는 사람은 억울한 사람, 남을 괴롭히고 잘못을 저지른 사람들이었다. 나는 그런 사람들만 만났다. 의심하고, 따져 묻고, 파헤치고 나는 늘 갈등 속에 있었다. 그러니 마음에 무엇이 남았겠는가? 마음의 여유도 없었다. 숨까지 막혔다. 오죽했으면 「추적 60분」 같은 고발 프로그램이 없어졌을 때, 살기 좋은 세상이 될 것이라고 했을까? 그러나 이태석 신부를 만나면서 무엇인 진정한 삶인지 깨달았다. 남을 행복하게 하는 것이 나를 행복하게 하는 것이었다. 내 자신에게 물어보았다.

"너는 어떤 삶을 살아왔니?"

너무나 부끄러운 삶에 아무런 대답도 할 수 없었다.

이태석 신부의 사랑에는 진심이 담겨 있다. 받는 사람은 그걸 안다. 톤즈 사람들의 눈물에는 바로 8년간의 사랑이 담겨 있다. 이 신부를 추모하는 열기가 뜨겁다. 자신을 알리고 외부에 과시하기보다는 오래도록 이태석 신부의 마음을 묵묵히 전해주는 가교. 그것이 우리의 역할이라 믿는다. 사람들은 이태석 신부가 위대한 꿈을 가졌기 때문에 큰일을 해냈다고 믿고 있다. 그러나 톤즈의 기적을 불러온 것은 지극히 평범했다.

나눔 이태석

이 아이들의 모습 속에서

나눔이 결코 물질적인 것이 아님을 다시 깨달아 봅니다.

내가 먼저 알고 있는 것을 가르쳐주는 것,

내가 할 줄 아는 것을 다른 이도 할 수 있게 도와주는 것,

내가 먼저 얻은 것을 다른 이들과 함께 나누어 갖는 것.

나는 나눌 것이 없는 것만 같았는데

그리고 보니 나눌 것이 넘치도록 많았습니다.

내가 가진 것이 너무 많다는 것을 이 아이들이 제게 가르쳐줍니다.

그래서 이 아이들의 눈빛만 보면 부끄러워지나 봅니다.

저의 그 작은 나눔이 아이들에게 한 조각의 빵이 되고, 희망이 되어 아이들의 미래를 바꾸어놓을 수 있는 힘이 된다니 놀랍기만 합니다.

제가 한 생명을 살리고, 미래를 변화시킬 힘을 가지고 있었다니 나누면서도 제가 더 풍요로워짐을 느낍니다.

제 것을 나누어주었는데도 아무것도 줄어들지 않고

자꾸만 자꾸만 나눌 것이 더 많이 생겨나는 것 같습니다.

† 우크라이나에 의약품 및 전쟁고아를 위한 학교 설립추진 (2023).

† 남수단 주바 국립병원 5억 원 상당의 의약품 직접 전달(2023).

신부님도 이런 마음이었습니까?

한 사람이 보여준 사랑의 힘은 우리 사회 리더들의 마음도 움직였다. 로터리클럽은 세계에서 가장 오래된 민간 봉사단체이자 순수 봉사단체이다. 범죄 이력이 있는 사람에겐 회원 자격도 주지 않는다. 회사 대표, 의사, 약사, 직장인, 개인사업자 등 직업도 다양하다. 국내에는 각 지역을 대표하는 17개 지구가 있다. 국제로터리 3천5백9십지구는 76개 클럽으로 통영, 진주, 거제 등 경남 서부지역 회원들의 모임이다. 지구 회원들이 이태석 신부를 알게 된 것은 텔레비전에서 방영된 〈울지마 톤즈〉 때문이다. 당시 회원들은 한센병 환자를 지극 정성으로 보살피는 이 신부를 보고 큰 충격을 받았다. 허경조 사무국장은 그때를 이렇게 기억했다.

"몽당손 꼬막손 문드러지고 사람들은 입을 다물지 못했어요. 그들과 함께하는 신부님을 보고는 아! 오! 어! 소리를 냈어요."

로터리 회원들은 부끄러웠다. 자신들이 생각하던 봉사가 얼마나 작은 것인지를 깨달았다. 즉석에서 아프리카를 돕자며 성금을 모았고 후원단체에 보냈다. 3천5백9십지구 김행소 총재는 순간적인 감동으로 끝낼 수 없다고 생각했다. 그는 감동을 이어 나갈 구체적인 계획을 세웠다. 매달 첫날은 76개 클럽에서 〈울지마 톤즈〉를 시청하도록 했다. 이태석 신부가 아프리카에서 보여주었던 섬김의 리더십을 마음에 새기자는 의미였다.

중요한 것은 듣기 좋은 구호보다 실천이었다. 로터리 회원들은 도움이 필요한 한센인 마을을 찾아 나섰다. 경남 하동 섬진강 근처에 있는 한센인 마을에 가기로 했다. 소록도에서 치료를 받고 나온 한센인과 감염되지 않은 사람이 함께 사는 곳이었다. 한 달 동안 무엇이 필요한지 조사했다. 먼저 실명 위기에 있는 한센인에게 외국에서 각막을 수입해 이식해 주기로 했다. 실명 위기의 한센인은 자신의 상태를 이렇게 설명했다.

"왼쪽은 희미하게라도 보이는데 오른쪽은 안 보여. 그래서 밤이 되면 잘 자빠져요."

비용은 만만치 않았다. 김 총재는 이식수술을 원하는 주민 4명을 진주에 있는 대학병원에 데려가 먼저 수술 가능 여부를 진단했다. 세상을 환하게 볼 수 있다는 기대감에 모두가 설레는 표정이었다. 그러나 2시간 후 실망스러운 결과가 전해졌다. 시신경이 약해 이식수술이 불가능하다는 것이었다. 동행한 김 총재와 지역 대표의 마음이 무거웠다. 괜히 마음만 더 상하게 한 것 같아 미안했다. 그래서 마을에 가장 필요한 것이 무엇인지 물어보았다.

　"비가 새는 마을 정자를 고쳐주세요."
　"다리가 아파 걸어 다니기가 힘들어요."
　"방충망이 망가져 파리·모기 때문에 못 살겠어요."

　한센인들은 지금껏 불편을 감내하고 살아온 것이다. 7월 첫째 주일요일 아침 관광버스와 승용차가 마을회관 주차장을 꽉 메웠다. 서부 경남 로터리 회원 200여 명이 마을을 찾은 것이다. 마을에 이렇게 많은 차와 사람이 찾아온 것은 처음이었다. 화물차에는 전동 휠체어, 보행 유모차, 수십 채의 이불이 가득하다. 잠시 후 망치질 소리, 전기톱 소리, 사람들 소리가 마을을 요란하게 울렸다. 낡은 마을 정자의 보수가 시작된 것이다. 기술이 있는 회원이 자르면 다른 회원이 옮겨 세우고 색칠을 했다. 신기한 듯 옆에서 지켜보던 주민이 한마디를 한다.

"우리 맘 같으면 차양 좀 해주면 좋겠는데……."

말을 해놓고 미안했던지 손수 탄 커피를 손에 쥐어주며 감사의 마음을 전했다.

"이렇게 한 번씩 오면 자식 찾아온 것만큼 반갑죠."

사랑이 듬뿍 담긴 세상에서 가장 멋있는 쉼터가 완성됐다. 창문 유리에서 반짝반짝 빛이 난다. 이제는 비를 피할 수 있게 됐다. 모두가 박수를 쳤다.

이번에는 로터리 회원들이 마을로 흩어졌다. 사람들의 집을 찾아가 불편한 것을 도와주기 위해서였다. 마을회관에서 내려다보이는 한 곳에 유독 허름한 집 한 채가 있다. 대문도 없고 마당은 상추밭이다. 오랫동안 수리를 안 해 흉가처럼 변해버렸다. 마루 밑에 검은 고무신 한 켤레가 놓여 있다.

이 집의 주인은 여든넷의 이복례 할머니이다. 혼자 사는 할머니는 한센병 후유증 때문에 다리가 아파 걷는 것도 힘들다. 밭에서 쭈그리고 앉아 일하다가 뒤로 벌렁 넘어지기도 했다. 할머니는 스무 살에 시집가서 아들 셋을 낳았다. 그리고 스물여덟에 한센병 진단을 받고 소록도로 강제로 이주당했다.

1955년 고흥반도 끝자락에 있는 녹동항, 바로 앞에 소록도가 보인다. 끌려가는 사람과 지켜보는 사람들이 서로 애타게 이름을 부른다. 통곡이 바다를 눈물로 뒤덮었다. 이복례 할머니에게는 일곱 살, 다섯 살, 한 살의 갓난아기가 있었다. 시댁에서는 한센병 환자의 자식이라며 모두 내쫓았다. 친정을 찾아갔지만 문전박대를 당하기는 마찬가지였다. 아버지는 딸이 몹쓸 병에 걸렸다고 경찰에 신고했다. 결국 세 아이를 데리고 녹동항에 끌려왔다. 할머니는 그날을 죽어서도 잊을 수 없다며 울었다.

"배를 타는데 경찰이 갓난아기는 데려갈 수 없다며 억지로 떼어냈지. 애가 울어 젖을 한 번만 물리게 해달라고 간청했지만 소용이 없었어. 친정엄마가 부끄럽다며 애를 데리고 가버렸어. 나중에 아기가 죽었다는 소식을 들었어. 누가 젖을 주겠어요. 한센병 자식인데……"

막내 아기가 빨던 젖이 부풀어 올라 짜낼 때는 피를 토하는 심정이었다. 할머니의 파란만장한 인생은 여기서 끝이 아니었다. 이번에는 큰아들을 결핵으로 떠나보냈다. 몇 번이고 죽으려 했지만 목숨은 질겼다. 둘째 아이를 데리고 소록도에서 만난 할아버지와 재혼했다. 할머니는 아들을 위해 열심히 치료를 받았다. 그러나 그 아들마저 병이 들어 죽었다. 마흔다섯에 소록도에서 나왔지만 얼마 후에는 할아버지가 세상을 떠났다.

한센인들은 이런 고통과 아픔을 가슴에 묻고 살아왔다. 이복례 할머니는 정부로부터 장애인 보조금과 생활보호대상자에게 지급되는 보조금을 받는다. 왜 집을 수리하지 않고 불편하게 사는지 물어보았다. 손자 때문이었다. 손자는 죽은 둘째 아들의 핏줄이다. 할머니는 보조금을 어렵게 사는 손자의 생활비로 보냈다. 할머니는 말한다.

"집 고쳐 편안히 살면 뭐 합니까. 내 새끼 먹여야지. 내 새끼 먹여 살려야지. 내가 불편하게 살면 되고 내가 좀 덜 먹으면 되고."

재차 물었다. 몸도 불편한데 편안하게 살면 좋지 않냐고.

"풍족하게 살면 못쓰지. 내가 무슨 내가 노력을 했다고. 국가 혜택만 보고 사는데 뭘 풍족하게 살아. 이만하면 됐지."

나도 모르게 할머니의 손을 잡았다. 말로는 표현할 수 없는 감동과 부끄러움이 가슴을 때렸다. 이태석 신부가 떠올랐다.

"신부님도 이런 마음이었습니까?"

로터리 회원들이 할머니 집에 왔다. 이곳에 정착한 후 손님이 찾아온 건 처음이다. 할머니가 대뜸 전깃불 좀 들어오게 해달라고 부탁한다.

"전기회사 불러도 담당이 아니라고 가버리더라고. 그러니 어떡해.
아는 사람에게 부탁해 볼까 싶어 요리요리 생각해도 없어. 어제저녁
부터 전기가 아주 나가버렸어."

처음에는 신세를 지는 것 같아 미안해하던 할머니가 낡은 방충망
좀 고쳐 달라고 했다. 집 주변에 돼지 키우는 막사가 있어 파리·모
기 때문에 못 살겠다는 것이다. 그동안 무료로 도와줄 사람이 있는
지 알아봤지만 헛수고였다. 로터리 회원들의 손놀림이 빨라진다. 그
사이 가정용 구급함 상자를 들고 있던 이상래 지역 대표가 장갑도
끼지 않은 채, 할머니의 발을 잡았다. 오른쪽 발등에 붙어 있는 반창
고를 떼어내자 상처 부위에서 고름과 진물이 나왔다. 할머니가 부
끄러워 발을 뺀다.
"할머니, 손자 같은 사람한테 뭐가 부끄럽습니까. 이리 주이소."

정성껏 약을 바르고 치료를 한다. 그 모습을 지켜보던 할머니가
흐느껴 울었다.

"너무 고맙게 해줘도 서러워. 그냥 …… 고맙게 해주면 더 서럽다
고."

왜 서러운가 하고 물으니 그저 모른다고 한다. 전깃불이 들어왔다. 할머니를 고생시켰던 방충망도 완성됐다. 스위치를 누르자 자동으로 열린다. 꿈만 같다. 할머니와 회원이 대화를 나눈다.

할머니　내가 먼저 시험을 해봐야겠다.
회원　운전할 줄 모르면 다 떼어갑니다.
할머니　그래? 써줘야 알지.
회원　열 땐 밑으로 누르면 되고 닫을 때는 손잡이를 잡아당기세요.
할머니　써서 붙여놓으면 좋겠다.

할머니가 다시 한번 누른다.

"내리면 잘 가네. 하하하. 아이고 고맙습니다."

할머니가 박수를 치며 좋아하니 지켜보던 회원들이 소리친다.

"복례 씨 파이팅! 이복례 파이팅!"

할머니에게는 태어나서 처음으로 느껴보는 행복이었다.

"고맙습니다. 기도 많이 할게요. 선생님들 위해서 할게요. 그거밖에는 줄 것이 없어요. 아무것도 없고. 아이고 고맙습니다."

점심시간이다. 로터리클럽 회원들과 한센인들이 마을회관 식당에 모였다. 회원들은 한센인 사이사이에 끼여 앉았다. 음식은 회원들이 준비했다. 막걸릿잔이 오가고 서로 밥과 반찬을 떠준다. 밥상에서는 웃음소리가 멈추질 않았다. 한센인의 친구가 돼준 따뜻한 하루는 그렇게 지나갔다. 마지막으로 김행소 총재가 주민들에게 약속한다.

"이번 한 번이 아니라 계속 찾아오겠습니다. 필요한 것 있으면 언제든 연락하세요."

한센인들은 힘찬 박수로 감사의 마음을 전했다. 웬일인지 식당에 이복례 할머니가 보이지 않았다. 용돈도 못 드리고 온 아쉬움도 있어 다시 찾아갔다.

"왜 또 왔어? 무릎이 아파서 식당에 못 갔어."

할머니를 위로했다.

"할머니, 힘내세요. 이젠 외롭게 생각하지 마세요."

할머니가 뜻밖에도 이태석 신부 이야기를 꺼냈다. 텔레비전을 보고 알았는데, 어떤 회원이 당신이 영화를 만든 감독이라고 알려줬다고 한다. 이복례 할머니는 아프리카 흑인 아이들이 우는 모습을 보고 같이 울었다고 했다. 아이들이 흘린 눈물의 의미를 자신은 알 것 같다고 했다.

"흑인 아이들이 우는데 못 보겠대. 진심으로 우러나서 운 거라, 흑인 아이."

왜 진심이라고 생각하는지 물었다.

"오늘 나도 이래 안 해요. 생전 찾아와서 들여다보는 사람도 없는데, 이렇게 와서 해주니까. 지금 말을 안 하니까 그렇지 속으론 통곡을 하고 있어요. 내 마음이 그래요."

자리에서 일어나자 할머니가 손을 잡았다. 이태석 신부를 알게 해 줘 고맙다며 인사를 한다. 명함을 건네자 새벽마다 꺼내보며 기도를 하겠다고 한다. 할머니의 얼굴이 세상에서 가장 아름다워 보였다.

7월 첫날, 서부 경남지역 76개 로터리클럽은 이태석 신부의 사랑과 헌신의 정신을 이어가자며 새로운 사업을 선언했다. 남수단에 학교를 지어 주기로 한 것이다. 나는 수단에 있는 공 야고보 수사를 연결해 주었다. 공 수사는 원선오 신부와 함께 남수단에 작은 학교 100개를 짓겠다는 야심찬 계획을 세웠지만 돈이 부족해 애를 태우고 있었다. 김행소 총재는 남수단을 직접 방문해 도움을 드리겠다고 약속했다.

3천5백9십지구의 활동 모습은 7월 31일 방송된 다큐멘터리 「울지마 톤즈 그 후 선물」편을 통해 전국에 소개됐다. 방송 후 반응은 뜨거웠다. 회원들은 자발적으로 클럽별 모금 운동에 들어갔다. 방송을 본 다른 지구 로터리 회원들이 동참하고 싶다는 연락을 해왔다. 학교 짓기 사업에 직접 참여하겠다는 약속도 이어졌다. 국제로터리 권오신 홍보이사는 학교 1개 건립을 약속했고 로터리 3천6백8십지구 강한식 총재는 5,000만 원 상당의 책걸상 500조를 기부하기로 했다. 이태석 신부의 사랑과 감동은 미국에 있는 국제로터리 본부에도 전해졌다. 제작진에게 〈울지마 톤즈〉영문 DVD를 보내달라고 요청해 왔다. 10월에는 칼리안 배너지 국제로타리클럽 회장이 한국을 방문해 학교 짓기 사업의 지원 방향을 논의했다.

이번 로터리 3천5백9십지구의 봉사활동은 우리 사회 리더의 참여라는 차원에서 큰 의미가 있다. 처음에는 경제적 여유가 있어서 과시하는 것이라는 의심의 눈초리도 있었지만 석 달 동안 그들의 모습을 지켜보면서 깊은 신뢰를 갖게 되었다. 로터리의 봉사 정신이 좀 더 많은 대한민국 리더들의 참여를 이끌어내는 기회가 되었으면 하는 기대를 가져본다.

✝ 이태석 신부의 모교에 있는 흉상 앞에서.

✝ 톤즈 방문을 환영하는 아이들. 시민단체의 감사패.

† 초등학교에 열풍이 불고 있는 이태석 신부 만나기 수업.

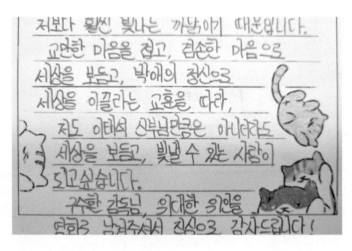

† 강연을 듣고 쓴 초등학교 6학년 학생의 감상문 중에서.

이태석초등학교 수업

2023년 독립운동가 최재형상 대상을 수상했습니다. 서재필 언론상 (2011) 도산인상 사회통합상(2022년)을 합하면 우리나라의 대표적인 독립운동가상을 휩쓸었다고 해도 과언이 아니다. 이태석 신부와 독립운동가가 무슨 인연이 있을까? 고통 받는 사람을 위해 헌신하고 그분들에 대한 사랑을 말이 아닌 행동으로 실천했다는 공통점이 있습니다.

그래서 수상소감을 할 때면 항상 드리는 말씀이 있습니다.

"감사합니다. 제가 한 일은 이태석 신부의 삶을 전달만 했을 뿐입니다. 그래서 오늘 받은 상금은 고통받는 사람들을 위해 쓰도록 기부하겠습니다."

이태석 신부와 형제처럼 지냈던 박진홍 신부에게 이런 질문을 했습니다.

"신부님이 하늘에서 수상 모습을 지켜보고 뭐라고 했을 것 같아요?" 박 신부는 빙그레 웃으며 이렇게 대답합니다.

"됐다. 고만해라! 시키지도 않은 일을 해서 누가 반가워할 줄 아나!"

이태석 신부는 그런 사람이었습니다. 지금 그분이 살아계셨다면 영화 〈울지마 톤즈〉는 물론 이태석의 존재를 알지 못했을 겁니다. 초등학교 4학년 아이부터 나이가 지긋하신 어르신까지 그분의 이야기를 들으면 눈물을 흘리고 감동을 합니다. 남녀노소·국경·종교·이념을 떠나 한결같은 반응을 보이는 걸 보면 그분의 삶을 한 사제의 삶으로 봐서는 안 된다는 생각을 했습니다.

이태석 신부를 직접 만나지는 못했지만 그분과 인연이 되었던 사람들의 증언과 반응을 통해 아주 소중한 것을 알게 되었습니다. 그분은 인간의 삶에서 가장 중요한 신뢰와 설득 그리고 사람의 마음을 얻는 방법을 실천으로 정확히 보여주고 있다는 것입니다.

요즘 교육 현장이 시끄럽습니다. 극단적 선택, 왕따, 학교폭력. 최근에는 선생님들도 거리로 나서 교권 보호를 외칩니다. 학교 강연을 다니면서 교육의 위기를 이태석 신부의 삶을 통해 변화시킬 수 있다는 자신감이 생겼습니다. 그래서 아이들이 올바르게 성장하도록 돕기 위해 영화 〈울지마 톤즈〉와 〈부활〉에 이어 책을 썼습니다.

개정판 『울지마톤즈학교』는 이태석 신부가 세상에 남긴 사랑과 헌신이 얼마나 소중한 것인지를 가슴 깊이 느끼도록 합니다. 그리고 고된 삶이지만 자신보다 어려운 사람의 아픔을 함께하려는 마음이 우리 모두의 가슴에 가득하다는 것을 알았습니다. 이것이 바로 대한민국을 지키는 힘입니다.

국민의 착한 마음을 하나로 모으고 이끌어가야 하는 것이 바로 사회지도층 인사들의 임무이고 책임입니다. 이태석 신부는 우리에게 말보다 실천, 교만보다는 겸손, 과시보다는 헌신의 중요함을 알게 해주었습니다. 그것이 이태석 신부가 우리에게 준 선물입니다.

이태석 신부님은 순백의 깨끗한 마음을 지닌 분으로 영원히 기억될 것입니다. 그분은 죽어가는 사람들을 구하기 위해 헌신한 우리의 영웅입니다. 이태석 신부님은 남수단과 한국을 잇는 지렛대라고 생각합니다. 사랑의 힘은 위대했습니다. 대한민국에 사랑이라는 자부심이 뿌려졌습니다.

신부님! 지금도 당신이 그립습니다.
당신의 선물에 감사드립니다!

2024년 3월

울지마톤즈학교

ⓒ 구수환 2024

초판 발행   2024년 3월 20일

지은이   구수환
펴낸이   고진
편집   고진
마케팅   이보민 양혜림 손아영

펴낸곳   (주)북루덴스
출판등록   2021년 3월 19일 제2021-000084호
주소   04043 서울시 마포구 양화로 12길 16-9(서교동 북앤빌딩)
전자우편   bookludens@naver.com
전화번호   02-3144-2706
팩스   02-3144-3121

ISBN 979-11-981256-9-9   03810